理不尽にあまく
何度もそこを吸われて、歯で挟んだり舌で転がしたりされて、声は止まらなくなった。

理不尽《りふじん》にあまく

きたざわ尋子《じんこ》

ILLUSTRATION：千川夏味《せんかわなつみ》

理不尽にあまく

LYNX ROMANCE

CONTENTS

007　理不尽にあまく

153　理不尽に激しく

256　あとがき

理不尽にあまく

待ちあわせの時間まで、あと一分三十秒。

後期が始まったばかりの大学の廊下を、俺は全力疾走《しっそう》中。脚《あし》には結構自信があるんだよ。いろいろとヤバいことが昔からよくあったせいでね。

とにかく急がなきゃ。ちょっとくらい遅れたって怒る相手じゃないんだけど、時間には正確にっていうのがうちの教育方針だったから、遅刻は絶対したくない。ちょっとした俺のポリシー？　みたいなものなんだ。

ほんとは走りたくないんだけどね。だって暑い。今日はなんだか夏が戻ってきたみたいな天気で、半袖のやつも結構いる。

それにしても悪目立ちしてるなぁ……。わりといつもの話なんだけど、やたらと見られてる。いまさらだからもう無視だ、無視。

あと一分。階段を駆け上がってスマホの時計をちらっと見る。

それが悪かったんだ。

「わ……っ！」

どん！　って衝撃があって、俺はなにか……っていうか誰かに弾《はじ》き飛ばされた。走ってきた勢いそのままで。

けど、俺は転ばずにすんだ。ぶつかった相手が、とっさに助けてくれたからだ。

気がついたら腰に手がまわってて、腕もつかまれていた。

「大丈夫か？」

降ってきた声に、耳から背中までぞくっとした。嫌《いや》な感じじゃないのに、なんかこう……鳥肌《とりはだ》が立ちそうな感じだった。実際には立ってないんだけど、そんな感覚。

これが噂《うわさ》の、腰にクる声ってやつか。すごいヤバそう……これ耳元でずっと聞いてたら、力抜けちゃうんじゃないかな。

「おい」

「は……はい！　大丈夫です。ありがとうございました……っていうか、すみません」

声かけられて我に返って、謝りながら顔を上げたとき、うわぁっと思った。

相手の人、大学で超有名な人だった。名前はちょっとよく覚えてないけど、下の名前はなんとか郎だったはず。そこだけは「それっぽいな」って思ったから記憶に残ってる。とにかく有名人で、うちの大学のやつらなら、だいたい知ってるんじゃないかな。

近くで見るのは初めてだけど、本当に整った顔してる。この大学にも大量にいる「イケメン」なんかじゃなくて――つまり髪型とか服装で作れるようなものじゃなくて、正真正銘《しょうしんしょうめい》の美形なんだ。ただ顔立ちがいいってだけじゃなくて、精悍《せいかん》な感じ。近付きがたいというか、とっ付きにくそうというか、いつも一人でいるし、狙《ねら》ってる女子とかも多いみたいだけどなかなかまわりに群がれないらしい。

それにしても、このレベルはテレビや雑誌のなかにも滅多《めった》にいないよね。俺と違ってちゃんと男らしい顔してるのが羨《うらや》ましい。体格だって全然違うしさ。身長、もしかして二十センチ近く違うんじゃない？

　たぶん一度も染めたことないんだろうなっていう髪は真っ黒で、眼鏡《めがね》のせいもあるけどかなり真面《ま じ》目《め》そう。実際、真面目らしくて、浮いた話はまったくない。

「えっと……」

　ところでいつまでこの格好なんだろう？　弾き飛ばされそうになったのを支えてもらったわけだから、つまり相手の手が俺の腰とか腕とかにある状態のままなんだけど。

　よく考えたら、ぶつかった勢いで飛ばされそうになったのは俺だけで、なんとか郎さんはビクともしてなかったような……。

　涙出そう。そりゃ体格違いすぎるけど、こっちは走ってた勢いってものがあるんだからさぁ。

「どこか痛むところはないか？」

「え？　あ、いえ、ないです」

　自分から後ろに下がって離れてみようとすると、すんなりいった。よかった。特にあの手に意味はなかったみたいだ。

　自意識過剰って言わないで。いままでいろいろあったんだから、ほんとに！

「前見てなくて本当にすみませんでした。じゃ、これで」

　ぺこっと頭を下げて言うと、なんとか郎さんは頷《うなず》くだけの返事をした。

　さすがにまた走るのはどうかと思ったから、今度は超早足――競歩かってくらいのスピードで歩いていく。

背中に視線を感じたけど、気にしないことにした。不本意だけど、人からじっと見つめられることには慣れてる。

結局一分遅れて待ちあわせの空き教室に滑り込んだ。

「すみません！　遅れました！」

「いいよ。でも珍しいね」

「あ……ええ、まぁ」

出迎えてくれたのは二つ上の先輩だ。付属高校時代に部活が一緒で、それからずっと付きあいが続いてる。いまはお互いサークルにも入ってないんだけど、たまにこうやって待ちあわせてランチしたり話したりしてるんだ。

大八木雅史《おおやぎまさふみ》先輩は二つ上だけど、学年は一つ上。実はバイトに精を出しすぎて出席日数不足で留年しちゃってる。

顔の造作《ぞうさく》はいいほうなのに言動がいろいろと残念で、高校時代から周囲からは生温かい目で見られてて、そのせいかあんまりモテない。穏《おだ》やかというか、おっとりとした人だから、女子受けもいいことはいいんだけど、恋愛対象には見てもらえないらしい。身だしなみにも気を遣《つか》ってないから、余計にそうなっちゃうみたいだ。本人は全然気にしてない。ちなみにいい人とは言いがたいけど、悪い人でもなくて、なんていうか……自由な人だ。

「またなにかアクシデント？」

「まぁ……ちょっと」

「大変だね。で、大丈夫？」

「はい。それより宗平《そうへい》まだなんですね」

「いつものことだし」

「ですね」

同じ時間に約束していたはずなんだけど、あいつは俺と逆で遅刻癖《ぐせ》がある。癖って言ってもだいたい五分以内には来るわけだから、もうちょっと早く行動を起こせばいいだけのはずなんだよね。何回言ってもまったく改善されないから、とっくに諦《あきら》めたけど。

「先に食べようよ」

「はい」

空き教室の隅っこに陣取って、持って来たサンドイッチと牛乳を取り出す。先輩はおにぎりと、なんだかよくわからないブレンド茶だ。

食べようとしたところで、バタバタ足音が聞こえてきて、三分遅れで友達が来た。

「やー遅れましたぁ。途中で女の子につかまっちゃって」

「それは珍しいね」

「いやいや、よくありますって。実は結構モテますから俺！」

「そうなの？　見たことないけど」

真顔で言う先輩に悪意はない。性格的に絶対ない。思ったことを言っただけだから。友達──木原《きはら》宗平は撃沈《げきちん》してる。

実際、宗平はそんなにモテないと思う。気さくだし、顔だって悪くはないんだけど、調子がよすぎて信用されないっていうか、軽いやつだと思われて本命視されないらしい。女の子の友達とか知りあいはものすごく多いのにね。

「ところでさ、またなんかトラブル起こした？」

俺の横にどっかりと座りながら宗平は尋ねた。こっちを見ないで、持って来た大量のパンを机に置いてる。飲みものはコーラだ。

「またって言うな。別に起こしてないし」

「だって今日もいろいろ絡《から》まれたんだろ？　ちゃーんと情報入ってますよー？」

「……うるせーよ」

全部わかってるからな、って顔をされて腹が立つ。

ニヤニヤ顔のこいつとは中学からの付きあいで、たぶん親友ってやつだと思う。悪友っていうほうが俺的にはしっくりくるし、ときどきイラッとさせられるけど、まぁ悪いやつじゃない。

「なに？　また特殊ジャンルの人たち？」

「らしいっすよー。で、今日のはなに？　なんか中坊みたいな顔した男に絡まれてたらしいじゃん？」

「まぁね……」

さすがにさっきのなんとか郎さんの話は入ってないみたいで、俺が朝イチでつかまったのと、遅刻の原因になったほうの話だけ耳に入ったみたいだ。

思わず溜め息をついた。

「俺史上最高にワケわかんなかった。なんか、そいつは前世でケーセーの姫？　とかいうやつで、いろんな権力者に狙われてたんだー、とか言い出してさ。だからなに？　って聞いたら、すげー怒られて！　しかも俺より自分のほうが可愛《かわい》いとか言って、人のことバカにしたみたいな顔して去ってったんだぞ。いままでのなかで一番意味不明だったよ！」

しゃべってるうちにエキサイトしてしまった。いやだって、本気で意味わかんなくて、引くどころじゃなかったんだ。ぽかーん、てやつ。とりあえず俺より小さいそいつが俺のこと嫌いだってことは理解したけどね。

「傾城《けいせい》かぁ」

ははは、って笑いながら先輩が呟《つぶや》いた。

「なんすかそれ」

「さくっと言うと、国が傾くほどの美人ってこと」

「ああ、楊貴妃《ようきひ》的な」

「そうそう」

先輩と宗平が話してるのを聞きながら、理解はしたけど納得は出来なかった。

俺は何年も前から、それはもういろんなやつに一方的に興味のない話を語られ続けてる。予知能力があるとか、宇宙人に攫《さら》われたことがあるとか、守護霊《しゅごれい》やオーラが見えるとか。

別にそれはいいよ。でも前世を語るやつに、俺は言いたいことがあるんだ。

「なんで前世を主張するやつは、みんなどっかの姫とか巫女《みこ》とか、王様とか武将とか、歴史上の人物とかなんだよ！　普通の農民だったとか言ってきたやつ一人もいないぞ！　一番とんでもなかったのは阿修羅《あしゅら》の生まれ変わりとか言ったやつだったけどな！」

あれは去年のことだったかな。大抵のことには慣れてたつもりだったけど、まさかインドの鬼神が出てくるとは思わなくて固まったことを覚えてる。

目の前の二人は同情的な目をした。

「そういう人たちを、やたらと引きつけるよねぇ？」

「うう……」

先輩のせいだ、って言いたいけど、言えない。俺は昔から――それこそ幼稚園児のときから「妖精さんがそこにいるよ」なんて口走るような子にロックオンされてたからさ。でもひどくなったのは先輩が立ち上げた同好会に入ってからだよ。当の先輩のとこにはほとんど寄ってこないのに！

「しかも男の場合、なぜか蒼葉《あおば》に粘着《ねんちゃく》するんだよなー」

「俺がなにしたっていうんだよ」

「しょうがねーじゃん？　その手のことに理解があるって誤解されてんだからさ。あ、そう言えば戸《と》部《べ》先輩も、前世でどっかの貴族だったとか言ってるんだっけ？　で、身分違いで結ばれなくて、今生《こんじょう》で準ストーカー化したんだよな？」

「相変わらず頑張ってるんだ？」

大八木先輩が言うとなんだか微笑《ほほえ》ましげに聞こえるけど、実際そんな可愛いもんじゃない。宗平が言った準ストーカーってのが正しい気がする。

問題の戸部優《ゆう》って人は、一つ年上で、大学からうちに入って来た。で、四月に庭でばったり会った瞬間に「やっと会えた」とか意味不明なこと言って抱きついてこようとしたんだよ。とっさに避けたのは言うまでもない。

で、目がマジすぎてドン引きしたのも言うまでもない。

だって俺が前世で恋人だったとか、初対面で言うか？　いや、初対面じゃなくても十分ヤバいだろ。わけわかんない。

もちろんソッコー否定したさ。けど戸部は全然諦めない。っていうか目を覚まさない。俺が前世で愛しあいながらもいろいろな障害のせいで結ばれず、とうとう死に別れた恋人だって本気で思ってるらしい。

なんだかやたら壮大な前世の物語とやらを聞かされたっけ。正直ほとんど覚えてない。もうそれで小説でも書けよ、って思ってストレートに言ってみたんだけど、「確かにそれくらいドラマティックだね」とか言われて、まったく意味なかった。話が通じないって怖いよね。

　俺が「前世なんてありえない」「あんたなんて知らない」「男相手に恋愛する気はない」みたいなこと言い続けてるのに、効果ゼロ。俺には前世の記憶がないから、簡単に受け入れられないのは当然なんだってさ。いまは男同士だから、記憶がない俺が同性を拒否しても仕方ないって、マジで悲しそうに語られたときは遠い目をしたよ。

　ようするに、運命の恋人(笑)に拒絶されてることの整合性をそうやって図ってる、って大八木さんは分析してたな。

　かれこれもう半年近い。長い夏休みのあいだに妄想《もうそう》が猛暑でやられて消えてくれないかな、って祈ったんだけど、さっき会ったら、むしろ悪化してた。なんていうか、人の話を聞かない感じがひどくなってたよ。

「戸部はどこまで本気なのかねぇ？」

「いやあれはマジだと思いますよ」

「あれがマジとか、嫌すぎるんだけど」

「いいか、蒼葉。半年も前世ネタで口説《くど》こうとはしねーだろ、普通。百歩譲《ゆず》って運命の相手って路線で落とす作戦だったとしても、おまえがドン引きした時点でやめねぇ？」

「そもそもそんな作戦が通用するはずないじゃん」

作戦で前世とか持ち出したんだとしたら頭悪すぎる。それはそれで嫌だけど、まぁ電波よりはマシかな……うーん、どうだろう。

「けどほら、おまえがオカルト好きって噂を信じてるのかもしれねーし」

「超迷惑！　あっ……すみません」

はっとして大八木先輩を見ると、気にしてないって笑ってくれた。

そう、俺にそんな噂というか、印象がついちゃったのは、当然先輩の同好会に入ったからだ。俺たちの中学と高校って一貫教育で、校舎も一緒で、先輩とは図書室でよく会ってた。俺は部活やってなかったから、友達を待つときなんかに図書室を利用してて、なんとなく先輩と話すようになって……で、高校に上がったとき、軽い気持ちで先輩が立ち上げた同好会に入ったんだよね。それが「超常現象および伝承伝奇研究会」っていう、いかにもアヤシイ同好会で……おかげで俺は周囲からオカルト好きって思われた。実際は全然そんなことないのに、その手の話が大好きなんだといまだに信じられてて、次から次へと電波な人たちが寄ってくる。大八木先輩のとこには行かないのに……なぜだ。

ちなみに先輩の卒業と同時に同好会は消滅した。

「僕はほら、異星人とかＵＦＯとかはありだけど、幽霊とか前世はないと思ってるし、それを明言してるしね」

「それはそれでツッコミどころ満載っす、先輩。もし蒼葉が、自称宇宙人ってやつに口説かれ出したら、信じるんすか？」

「それはないよ。だって異星人が自分から正体を吹聴《ふいちょう》するなんてありえないだろ？　異星人がいたとしても、地球人にまじって普通に生活するのが自然だよね。異星人に限らずさ、本当に特殊な存在なら隠すと思うんだよ。あ、そうなると戸部も蒼葉くんにしか言わないから信憑性《しんぴょうせい》……はないか」

「論点が違うっす……」

うん、通常運転だな先輩。悪い人じゃないんだよ、ほんと。自分の考えを押しつけたりもしないし、無闇《むやみ》にいろいろ信じてるわけじゃないしね。そういう意味では電波じゃない。ただ語り出すと止まらないから敬遠されちゃうんだ。

「まぁ確かに状況は選んでますよね。でなきゃとっくにヤバい人認定されてるって」

「戸部って、女子からの人気はそこそこあるんでしょ？」

「そこそこですけどねー。漂うナルっぽさが嫌な人は嫌みたいっすよ」

「ああ……」

確かにあの人はナルシストっぽい。っていうか、昔からそんなタイプばっかり近くに来てた気がする。例外はいま目の前にいる二人だけな気が……。

あ、でもナルっぽいからって、全員がストーカーちっくだったわけじゃない。中学んときに行ってた個別指導塾の先生は、雰囲気はそれっぽかったけど変なことは言わなかったし、普通にいい人だったし。

元気かなぁ、北里《きたざと》先生。なんか急に辞《や》めて留学しちゃって、それっきりなんだよな。挨拶《あいさつ》も出来ないくらい急な話で、塾のほうでもすごく戸惑《とまど》ってる感じで、わかったのは家の都合ってことくらいだった。生徒と講師は個人的な連絡先交換しちゃだめっていう決まりが塾にはあったから、俺にはどうしようもなくてさ。行ってた大学も学部も知ってたけど、会いに行くちゃんとした理由もなかったから、結局そのままになった。

「どーした、遠い目になってんぞ」

「ちょっと昔の塾講のこと思い出してさ」

「ああ、珍しくおまえが懐《なつ》いてた！」

「なっ……懐いてたわけじゃ……」

ちょっと顔が熱くなって、自分でも説得力ないな、って思った。実際のところ、俺はかなり北里さんに懐いてたと思う。

俺って一人っ子で、兄弟にすごく憧《あこが》れてたから、北里さんはなんていうかこう……理想の兄貴って感じだったんだ。講師って言っても北里さんは大学生だったし、話しやすくて優しくて、ほんとにいい人で。しかも電波なことはまったく言わなかったんだよ。俺に付いたナルシスト系の男って、ストーカーちっくで全員が前世とか霊能力みたいなこと言ってたから、ナルっぽくても電波じゃない人もいるんだなって、北里さんで初めて知ったんだよね。

いまじゃそういうタイプは一目見てだいたいわかるようになったけど。

「おーい戻って来い。なんかすげーのまわってきたけど？」

「は？」

「じゃーん」

とか言って宗平はスマホを見せてきた。そこには俺とさっきのなんとか郎さんが、ぴったりくっ付いて見つめあってる……ようにしか見えない写真が！

「ちょっ……」

「アクシデントってこれ？　なになに、恋の始まりのアクシデント？」

「なに言ってんだよ！」

この手の冗談が嫌いって知ってて言うんだから性格が悪い。黙って睨《にら》み付けてると、ちょっとだけ反省したらしくて、宗平は片手を拝むようにして顔の前にやって「ごめんごめん」なんて笑った。笑ってるとこが引っかかるけど、こんなことで本気で怒ってたらこいつとは付きあえないから、とっとと忘れることにする。

「で、なにがどうしてこんなことに？」

大八木先輩が冷静に話を促《うなが》してくれたから、一連のことを話して聞かせた。詳しく言うつもりはなかったのに、宗平が根掘り葉掘り聞いてくるから結局事細かに言うはめになった。

「廊下の角で出会い頭にぶつかるなんて、ベタすぎるわー」

「ラブコメのスタートって感じはするよね」

「大八木さんまで！」

見つめあっているような写真になってるのは一瞬を切り取ってるからで、実際そんな雰囲気じゃなかったはずなのに。

「一応口止めしといたら？　拡散しないようにって。それメールでしょ？」

「あ、そうっすね。遅いかもしんねーけど、一応しとこ」

宗平はスマホを操作して、とりあえずメールの送り主に口止めしてくれたらしい。もともと広めるつもりはなかった、ってすぐに返事が来て、ちょっとほっとした。

「これでよし、っと」

「ありがと」

「まぁ相手が相手だし、おまえも無駄に注目度高いからな」

「そんなことないし」

「いやいや、今年の新入生じゃ一番って言われてんじゃん。可愛さで」

「っ……」

思わず手が出そうになったけど、理性でなんとかギリギリ抑《おさ》えた。ちょっと前に感謝した相手はニヤニヤ笑ってて、俺をからかう気満々だ。なんで俺こんなやつと友達やってんだろう。

クールダウンするために、ふーっと息を吐く。

確かに俺は童顔で、男らしさからはほど遠いかもしれない。可愛いって言葉も物心付いたときから現在に至るまで、ずっと言われ続けてる。いちいち反応するのには疲れたから、だいたいスルーするか、苦笑するだけにしてるけど。

　さっき絡んできた童顔野郎は違うんだろうな。あいつは可愛いとか言われたら喜びそう。

「しかし神田誠志郎《かんだせいしろう》ねぇ……」

「あ……」

「なに？」

「いや、名前……そうだ、それだ」

　どうしても思い出したかったわけじゃないけど、名前がわかってすっきりした。そうそう、神田誠志郎だった。

「なんだよ、わかってなかったのかよ」

「なんとか郎だったな、くらいしか」

「はは、蒼葉くんらしいねぇ」

　先輩は笑ってくれるけど宗平はありえねぇ、って顔してる。別にいいじゃん。いくら有名人だからって全員がフルネーム知ってるわけじゃないだろ。

「神田誠志郎っていったら、首席入学したし何ヵ国語もしゃべれるしで、いろいろ話題に事欠かないじゃない」

「それに脱いだらすごいらしいっすよ」

「は？」

「いや、着替えのときに見た人たちが言ってたぞ。しゅっとしてるのに腹筋割れてて、どこのアスリートかダンサーかって感じだって。実際運動神経も抜群《ばつぐん》らしいよ」

「ふーん」

文武両道ってやつらしい。加えてあの顔と身長なんだから、どこまで完璧なんだよって感じ。そういえば声もよかったっけ。

すごいのは確かだけど、あの男が有名なのって半分くらいは評判悪いからだよな。誰ともつるまないから浮いてるし、見た目はいいのに人間嫌いで真面目でおもしろみのない暗いヤツ、って言われてるじゃん。

まぁ、遊びに大学来てるチャラチャラしたやつらとか、人の話を聞かない思い込み電波系のやつらよりはずっとマシだけどさ。どう考えてもその悪い噂ってのもやっかみだし。人間嫌いはともかく、真面目ってのは悪口としてどうよ？

ま、どのみち俺には関係ないし。

って思っていられたのは、家に帰り着くまでだった。

「は？　え？　ちょっ……も、もっかい言って？」

夕方、家に帰ったら珍しく父さん――檜川信彦《ひかわのぶひこ》っていう――が早く戻ってて、話があるからって言われて……。

「だから、俺は近々旅に出る。帰国は何年後になるかわからん」

「な……なに言ってんの……」

しかも何年後になるかわからないって、年単位のことを言われて唖然《あぜん》とした。

俺の父さんは若い。年は四十三だけど見た目には三十代なかばから後半って感じで、野性味あふれるフェロモン系。背も高くて身体《からだ》は引き締まってて、まったくたるんでない。お父さん格好いいね素敵ねって、昔からずっと言われてるし、近所の主婦にもうっとりされてるくらいだ。

で、バツイチだ。母さんは半年ちょっと前に離婚して、十年来の恋人と渡米した。

そう、うちの両親はいわゆる偽装結婚だった。仲は普通によかったし、ずっと一緒に生活してたけど、恋愛関係も肉体関係もなかった。あれ？　って思うよね。なんで俺がいるのって。

実は父さんは俺の本当の父親じゃなくて、叔父《おじ》さんなんだ。

ちょっと複雑なんだようちの家庭。俺の実の父親は、父さんの兄貴で既婚者だったのに、俺の母さんと不倫というか浮気しちゃったわけ。でも父親はなにかと面倒くさい立場で、母さんは俺を妊娠したって判明したとき、いろいろと決断を迫られてた。

そしたら父さんが自分と結婚して実子ってことにしちゃえばいいって言い出したらしい。

母さんにとっては渡りに船だった。俺を日陰の身にしなくていいし、父さんは当時からもう成功してたから経済的な問題もバッチリ。しかも兄弟だから、父さんと実の父親はよく似てて、俺も少しだけ似てるとこがあって――印象とかタイプとか全然違うんだけど、親子関係を疑われないくらいには、ちょっとしたパーツとかが似てる。

で、父さんがそんな偽装結婚をしたのは、そのほうがいろいろ都合がよかったからだ。

この人、ガチゲイなんです。生まれてこの方、男しか愛したことないし、愛せないって人らしいです。だから世間体《せけんてい》のために、俺と母さんの存在は都合よかったわけ。

でもちゃんと大事にしてもらったし、息子として愛してもらってると思うよ。実の子供じゃなくても甥《おい》だからね。

ちなみに実の父親は、俺が生まれる前に死んでしまった。父さんは実家から勘当《かんどう》されてるから、そっちの親戚《しんせき》にはほとんど会ったことがない。父さんは自分がゲイだから、あんまり実家と接触したくないらしいんだよね。それでわざと放蕩《ほうとう》息子演じて犯罪にならない程度の問題起こして実家のほうから縁を切るように仕向けたらしい。詳しくは知らないけど。

それでもって俺が高校を卒業するタイミングで、両親は結婚っていう名の契約関係を解消したってわけ。

いや、それはともかく、父さんなんだって？

「待って待って。会社は？　会社どーすんの？」

「人に任せて、俺は代表権のない会長ってやつになった。ま、大丈夫だろ」

「その年でリタイア？」

「そっ。おまえも大学生になったしな。本当はもう少し時間を置こうかとも思ったんだが……まぁ代わりを置いてけばいいだろ」

「か、代わり？」

父さんの代わり？　どういうこと？

困惑してる俺の前で、父さんはスマホを弄《いじ》って耳に当てた。

「説明終わったから入って来ていいぞ」

「誰呼んだのっ？　っていうか説明全然終わってないし！」

「だから俺は引退して旅に出るから、この家は部下に貸す。おまえは新しく買ったマンションに住め。どうせなにも出来ないだろうから、世話係兼ボディガードを付ける。以上だ」

「……はい？」

理解不能だ。相談とか打診とかじゃなくて、もう決定事項って……。

「嫌ならこの家を貸す新社長家族と同居しろ。四十五歳と四十歳の夫婦で、子供は高校生の長男と中学生の次男だ」

「に……二択《にたく》っ？　一人暮らしって選択は？」

「ない」

きっぱり言われた。目がマジだ。こんな父さんに逆らうのは時間と労力の無駄だってことは、嫌と言うほどわかってる。

会ったこともない家族のなかに放り込まれるくらいなら、誰か一人との同居のほうがマシだ。どっちみち気は遣うとしても、四人家族っていうのはハードル高すぎる。

ちなみにマンションは、渡されたパンフレットを見る限り高級物件だった。まぁ、父さんが選ぶんだからそうだろうな。

「決まったみたいだな」

見透かしたみたいに笑う父さんに、無言で抗議の視線を向けてみる。なにを言ってもだめだろうから、とりあえず目で訴えた。

でもなにも言ってもらえないうちに、玄関からインターフォンの音がした。

「入れてやれ」

「ええっ、なんで俺がっ？」

「俺に養われてる身だろ」

出たよ、いつもの。まぁ別に本気で言ってるわけじゃなくて、父さんのおふざけの一環《いっかん》だし、扶養《ふよう》されてるのも事実なんだけどさ。

しょうがなく玄関へ行ったら、ドアの横にはめ込まれたガラス越しに思いがけない人の姿を見てしまった。

「え……」

固まるのは当然だ。だってそこにいるの、神田誠志郎なんだもん！　あ、もんとか言っちゃった、きもい。

しばらく突っ立ってたら、リビングから父さんが早くしろって声を張り上げた。相変わらずよく通る声だなもう。

「ちょっ……ちょっと待って」

慌《あわ》ててリビングに引き返して、ソファにどっかり座った父さんを見つめる。どうした？　って顔してるのがちょっとムカついた。

「うちの大学の、神田って人がいる」

「そう、それだ」

「ええっ？　どういうこと？」

「いいから入れてやれ。ずっとドアの前に立たせとくつもりか？」

「あ……うん……」

なんだか釈然《しゃくぜん》としなかったけど、言われた通りに玄関へ戻ってドアを開けた。まぁね、こんな目立つ男を玄関に立たせておいたら、いくら道路からは結構引っ込んでても近所の人に目撃されちゃうよな。あれ、でもどうせ引っ越すからいいのか？

「どうも」

「……どうぞ」

くそう、やっぱり背ぇ高い！　頭一つ分近く違うじゃん！

一応スリッパなんか出してみて、リビングまで案内した。昼間会ったのって偶然だったのかな、とか、いろいろ考えてしまった。

「……連れてきた」

「おう、二人ともそこ座れ」

「え……」

並んで？　確かにソファはL字型で、父さんが二人掛けのほうのド真ん中に座ってるから、空いてるのはもう一つの三人掛けのほうだけど……それは父さんがちょっと寄ればいいことじゃない？　俺と客が並ぶのって変じゃない？

「早く座れよ。話が始まらないだろうが」

「失礼します」

先に座られちゃったから、仕方なく俺も座った。もちろんそれぞれ端のほうに座ったから、距離はそれなりにある。

父さんはじっと観察するみたいに俺たちを見て、意味があるんだかないんだかよくわからない感じに笑った。

「昼間会ったんだって？」

「え、聞いてんの？」

「報告はきっちりするタイプなんだよ、こいつは」

「……どういう関係？」

俺のことはいまさら紹介する必要もないだろうなって思って、疑問をぶつけた。だって報告するような関係だったら、俺のことなんてそれなりに知ってるだろうし。

でも接点がわからない。優秀だって話だから、どこかで聞いて青田《あおた》買いみたいなことしたのかな。

それともなにかのインストラクターとしてかな？　いい身体してるらしいし……。

うちの父さんの会社ってスポーツクラブの運営をしてて、いまのところは関東圏だけだけど二十ちょい施設があるんだ。この顔と身体でインストラクターとかやったら、やたらと女の人が入会してきそうな気がする。

いや、もしかしてアレ？　父さんの恋人とか愛人とかセフレとか、そういうのっ？

はっとして横を見たら、胡乱《うろん》な目をされてしまった。そして父さんは、俺の考えたことがわかったのか、ぷっと噴《ふ》き出した。

「言っとくが、恋愛関係でも肉体関係でもないぞ。好みじゃないんでな」

「俺も無理ですね」

父さんは笑いながら、神田誠志郎はものすごく嫌そうな顔で言った。無表情なタイプかと思ってたけど、意外とそうでもないらしい。

「あ、父さんがゲイってことは知ってるんだ？」

「こいつには言ってある」

「ふーん。結局どういう関係？」

「部下」

「へ？」

「だから、俺の部下……みたいなもんだ」

「部下……？　え、でも学生……」

そう言えば噂で、この人は二年遅れで入ったとか聞いたことがあるような気が……。首席入学の事実のせいで二浪っていうのはないだろうってことになって、いろんな憶測《おくそく》が飛びかってるって、宗平が言ってたっけ。

「自己紹介も兼ねて説明してやれよ」

父さんの指示に逆らう気はないらしくて、神田さんは俺を見た。

「社長とは十六のときに出会った。俺が年齢ごまかしてバーで働いてたときで、スカウトされて、とりあえず社員になって、それからいろいろ教育してもらった。高い給料ももらったし。で、学費が貯まったから休職して大学に通わせてもらってる。社長の指示で、君の大学を選択した。先に入って、学内を掌握《しょうあく》しておけと言われたんでな」

淡々と言ってるけど、突っ込みどころが多すぎる！　全然自己紹介になってないってば。箇条書きの文章読んでるみたいじゃん。

「いやあの、余計聞きたいことが増えたんだけど……！」

「なんでも聞いてやれよ。なんでも答えるぞ。なぁ？」

「ことによりますが」

相変わらずいい声すぎて、さっきからゾクゾクしてる。

知らなかった。俺、声フェチかなんかだったのかな。でも女の人の声じゃなくて男の声ってところが微妙すぎて、あんまり深く考えたくない。

「ほら、いいってよ」

「あー……えっと、じゃあまず十六でバーってなに、どういうこと？」

「親が十五歳のときにいなくなったから、生活のために。時給がよかったからな」

「え……」

思ってたよりヘビーな事情だった！　てっきりグレてたとか言うと思って、すごい軽い気持ちで聞いちゃったよ！

「別に気にしなくていい」

ちょっとバツが悪くて口ごもってたら、神田さんはふっと表情を和《やわ》らげた。あ、笑うとわりと感じがいいかも。

なんかね、十五歳のときに両親いっぺんに事故で亡くしたんだって。交通事故の相手は借りた車を乗りまわしてた無免許のやつで、もちろん保険にも入ってなくて、慰謝料《いしゃりょう》なんかを払う財力もその気もなかったらしい。

「神田さん、親戚とかは？」

「まったくいないわけじゃないが、もともと付きあいはなかったしな」

両親が残してくれた遺産は微々《びび》たるもので、当面の生活費くらいにしかならなかったらしい。中途《ちゅうと》半端《はんぱ》にあると親戚関係が面倒な場合があるから、むしろよかったんだって。そうなのかな。俺にはよくわからなかった。

「そんな事情、全然知らなかった……噂にもなってなかったし……」

俺の知ってる噂なんて、ほとんど宗平から聞いたものだけど、その宗平は結構情報通なんだよね。

でもきっとここまでは知らないと思う。

「誰にも言ってないからな。わざわざ言う必要もないし」

「……あの、いろいろ教育って言ってたけど、それって……？」

「必要と思われる資格や免許をいろいろ。あとは護身術を含む体術と、多少の武器の取り扱い。礼儀作法やマナーの講習も受けたな」

「は……？」

さらっと言ったけど、武器の取り扱いってなに。どういうこと？　思わず父さんを見たら、ものすごいドヤ顔された。

「ようするに俺が必要と思ったものを片っ端《ぱし》から叩き込んだ。おかげで異様なまでのハイスペックになったぞ。おまえの世話もボディガードもバッチリだ」

「ちょっ……世話ってなに、ボディガードって？　どういうこと……？」

そう言えばさっきそんなこと言ってた。いやでも、神田誠志郎がすんの？

「おまえは家事能力が壊滅的《かいめつてき》な上に虫嫌いだろうが。おまけにストーカーホイホイだし、一人暮らしなんぞさせられるか」

「そ……それは……」

ぐうの音《ね》も出ないっていうのはこのことか。家事能力に関しては出来ないっていうよりやらないだけだって思ってるけど、虫は本当にダメで、一センチ超えた六本足以上のはもう叫んで逃げ出す勢いでダメだ。それとストーカーらっくなやつらが寄って来やすいのも事実。俺は「ストーカーっぽい」としか思ってないんだけど、父さんにとっては完全に「ストーカー」認定らしい。

鬱陶《うっとう》しいっていう実害はある。けど危ないわけじゃないから、父さんの心配は杞憂《きゆう》ってやつだと思うんだけど……。

とにかくこれはもう決定事項だから、俺がここでダダ捏《こ》ねたところで覆《くつがえ》ることはない。覆るどころか、たぶん事態が悪化するのは目に見えてる。

ちらっと神田さんを見ると、なにを考えてるのかよくわからない顔で見つめ返された。無表情じゃないのに、感情がよくわかんない人だな。

「あの、いいんですか？　俺の世話とか、そういうの」

どう考えたって余計な仕事押しつけられてるよね。あれ、仕事なのかな？　仕事だよね。まさかボランティアじゃないでしょ。

「別にかまわない」

「給料出るの？」

「家賃を含めて生活費のいっさいを社長が負担してくれることになってる」

ええ、それだけ？　いや、確かに新しいマンションは高級だけど、タダより高いものはないってことにならない？　自慢じゃないけど、たぶん俺ほんとに役に立たないよ？

「一人でも二人でも、手間は大して変わらないからな」

「ちなみに掃除は大変そうだから、いま来てもらってるハウスキーパーに引き続きやってもらうことにしたぞ」

じゃあ週二回来てくれるわけだ。だったら少しは神田さんも楽かな。けど、いいの？　って意味で神田さんを見ると、さっと手を差し出された。なにこれ握手？

「よろしく」

「えっと……よろしくお願いします」

神田さんがそれでいいなら、別にいいか。実際に暮らしてみて、俺があんまりダメダメで、もうやってられん！　ってなったら、どうなるのかな？　や、ならないように頑張るけどさ。

一緒に暮らすなら気むずかしい人じゃないといいなぁ。それとあんまり口うるさくないと嬉しいか

も……。

「至らないところがあれば遠慮なく言ってくれ」

「は、はい。いやあのでも、なるべく仕事増やさないように頑張ります……」

ふっと笑って、ちょっと目を伏せる感じがムチャクチャ格好よかった。あやうく見とれそうになったことは内緒《ないしょ》だけど、父さんにはバレてるような気がした。

それからはもう超高速で進んだ。

週末に引っ越しだからって、とんでもないことを言われて、俺は新しい住まいを実際に見ないうちに作業に追われることになった。間取り図とか写真は見せてもらったけど、それだけだった。のんびり見に行ってる時間はないとか言われても、だったらもっと早く言えよって思った。思っただけで、言わなかったけどさ。

荷造りしたり運んだりするのは主に業者の人なんだけど、それを指示するのが大変。持ってくものと捨てるもの、会社の倉庫に預けるもの、っていう感じで仕分けるのに超忙しかったし、なにをどこに置くかも俺が指示しなきゃいけないし。で、何回も家とマンションを行ったり来たりして、そのときは誠志郎さんが車を出してくれた。父さんの車だけど、そのまま誠志郎さんが使うことになったらしい。

そんな感じで怒濤《どとう》の週末が過ぎて、俺は新築のマンションに移り住んだ。大学までは少し近くなって、歩いて二十分くらいらしい。2SLDKはマンションとしては異様に広くて、リビングとダイニングルームはあわせて四十平米《へいべい》くらいある。謎のサービスルームなんていうスペースは書庫兼物置になった。

ちなみに俺の部屋は十畳くらいで、誠志郎さんの部屋もだいたい同じ。あ、呼び方は誠志郎さんになりました。父さんが「誠志郎」って呼ぶから、なんとなくつられて。

うん、結論から言うと、誠志郎さんのハイスペックぶりに圧倒された。

なんでも出来るんだよ、ほんとに。なにやらせても手際《てぎわ》がいいし、器用だし、作ってもらったご飯は超美味《うま》かった。

あの日の夜、夕食はうちで誠志郎さんが作ってくれたんだよね。父さんの指示で、その場でパパッと。いままで母さんの料理が一番好きだったんだけど、それをさくっと超えた。

そっか、胃袋つかまれるってこういうことか。食べ終わる頃には「同居楽しみー」くらいになってたよ……。

それに思ってたのと違ってうるさく言ったりしてこなくて、気も楽。

「はー……」

でっかいL字型のソファに座って……ってより沈み込んで、つい溜め息をついてしまった。

さっきまでいた父さんは一人で家に戻っていって、明日には出国するって言ってた。いきなりすぎる。いろんな準備をずっと前からしてたのに、俺に言うのはギリギリってのがひどい。わざと俺に考える時間を与えないようにしたらしい。

二人っきりになった部屋で、誠志郎さんはさっきからパソコンを開いてなにかしてる。

「……レポート？」

「いや、仕事」

「え？　休職してんだよね？」

誠志郎さんは卒業したら父さんの会社に復職する予定って聞いてる。

「復職したときのために、多少はまだ関わってるんだ。エリアマネージャーの手伝い程度だけどな」

「インストラクターとかじゃないんだ？」

「愛想が足りないから向かないらしい。俺だと会員のテンションが上がらないんだそうだ」

「ああ……」

納得した。クールっていうのとはまた違って、テンション低めだもんなぁ。父さんとこでインストラクターやってる人にも何回か会ったことあるけど、みんな爽《さわ》やかで溌剌《はつらつ》としてたし。会員さんを励《はげ》ましたりしなきゃいけないからね。

「サクラで会員の振りして通ったことはある」

「父さん、なにやらしてんの……」

さすがだなって思ってしまった。あの人らしいよ。どうせキャンペーンとか打ったときに、体験入会の女の人が大勢来たタイミングで現場に出したんだろうな。ものすごく効果ありそう。

抜け目ないんだよな、あの人。それにスポーツクラブだって、絶対半分くらいは趣味だったんじゃないかなって思ってる。ムキムキのマッチョは相手としては好きじゃないらしいけど、見る分には楽しいって言ってたし。

「……お風呂入って寝るね」

「ああ」

逃げるみたいに脱衣所に行って、溜め息をついた。

父さんのこと考えてたら、なんか寂しくなっちゃってさ。変な顔してるの見られたくなかったから、実際逃げたようなものだ。

だって半年前に母さんが俺を置いて行っちゃって、今度は父さんだよ。半年空けてくれたっていうけど、たった半年だ。

母さんが出て行くことは、ずっと前から言われてたことだった。中学に入ってちょっとしたときに、両親の本当の関係とか俺の事情とか聞かされて、将来的には離婚することも教えられた。さすがにショックで落ち込んで、そのときに塾講の北里先生に励まされたりしたんだよね。もちろん詳しい話はしなかったけど。

とにかく俺は母親に関してはそういうものだって思ってた。恋人がいることも知ってたし、母さんがちゃんと俺のこと大事に思ってくれてることもわかってたし。

けど父さんのことは突然で、なんだか胸にぽっかり穴が空いたみたいで。

「過保護なくせに、こういうとこあっさりしてるし……」

そう言えば昔から危険なことには過敏に反応したり警戒したりするくせに、情緒《じょうちょ》面ではわりとアバウトで母さん任せだったっけ。

ちらっと鏡を見たら、辛気《しんき》くさい顔をした俺がいた。なんか無駄に鏡がデカくて明るくて、自分の顔が嫌ってほどはっきり見える。

洗面所もダブルシンクなのに、その幅いっぱいに天井まで鏡って……。

たぶん父さんがセキュリティー面とかいろいろ吟味《ぎんみ》して選んだマンションなんだろうな。やたらと広いし設備も充実してるし、造りがいちいち高級だ。

ほんとに大事にされてるんだよね。誠志郎さんを俺の大学に先まわりして入れて、一緒に住まわせるなんていう荒技繰り出しちゃうくらいに。

もしかして誠志郎さんをスカウトしたのも、このためだったのかなって思っちゃうよ。

「はぁ……風呂入ろ」

ぱぱっと服を脱いで洗濯機《せんたくき》に放り込んで、バスルームに入る。うん、広くていい感じ。しかもバスタブが丸くてデカくてジェットバスになってるやつ。

髪と身体を洗ってバスタブに浸《つ》かると、少しだけ気分が上昇した。

バスタブは足を伸ばしてもつかないくらい大きい。さすがに誠志郎さんならつくと思うけどね。二人で入っても超余裕そう……って、ないない。

ジェットバスを堪能《たんのう》して、風呂を出て、そのまま自分の部屋に入った。リビングには誠志郎さんがいたから、一応ちゃんと声はかけたけど向こうが振り返る前に通り過ぎた。

俺の部屋は玄関から一番遠いとこで、その手前が誠志郎さんだ。で、ベランダが共通になってる。

ホテルにあるみたいなダブルサイズのベッドに飛び込んで、そのまま目を閉じた。

昨日まで使ってたのと寝心地が違って、ちょっと落ち着かない。自分で家具とか選ぶ必要もなくて、もう全部入ってたんだよね。こんなデカいベッドいらないっての。

目を閉じて無理矢理寝ようかと思ったのに、全然眠くならない。

そうなるともう、いろいろ考えちゃって、どんどん気持ちが落ちていった。

落ちるというか、単純に心細いというか寂しいというか。置いてかれちゃったっていうのは違うと思ってる。だって俺、もう十八だし、親がいなきゃダメっていう年でもない。誠志郎さんなんて俺よりずっと年下のときに両親亡くしてるわけで、それと比べたら俺はものすごく恵まれてるんだし。

「贅沢《ぜいたく》だって……」

もう十八の大学生なんだしさ。そう、これは親離れなんだよ。たまたまうちは親が自由に羽ばたいてっただけで、大学生ともなれば親元を離れるやつらなんて山ほどいるんだし。

なんて悶々《もんもん》と考えながら何度も寝返りを打ってたら、一時間以上たってしまった。

目が冴《さ》えまくっちゃって、もうじっとしていられなくなって、ベッドから出ることにした。ふらっとベランダに出たのはなんとなく。

ちょっと寒いけど、まぁ我慢出来ないほどじゃない。この十四階は最上階で、リビングには広いルーフバルコニーなんかもあるけど、ここはちょっと広いくらいの普通のベランダだ。

「夜景ってほどでもないし……」

なんてことのない夜の街が広がってて、車の音なんかも遠くから聞こえてくる。電車はさすがに終電が終わったらしくて、それっぽい音は聞こえてこなかった。

少し先の掃《は》き出し窓が開く音がしたから顔を向けたら、誠志郎さんがいた。ベランダが共通ってこと忘れてた。起こしちゃったのかな。

「眠れないのか？」

「……うん」

新しい環境だから、ってことにしておこう。急に寂しくなったなんて、さすがに恥ずかしくて言えるわけがない。

肩にふぁさってジャケットがかけられた。

わざわざ持って来てくれたんだ。でも誠志郎さん自身は、下は黒いスウェットで、上はシャツ引っかけただけなんだけど……っていうか、もしかして上半身裸で寝る主義？　噂通り、腹筋きれーに割れてる！　ムチャクチャいい身体じゃん、マジで。羨ましい通り越してムカつく。かけてくれたジャケットもデカいし。

気がついたらちょっと口を尖《とが》らせてたみたいで、誠志郎さんにくすりと笑われた。

さらにムッとしかけたのは、頭をぽんぽんされたせいで吹き飛んでいった。

まるで子供扱いなのに、嫌だとは思わなくて、そんな自分に戸惑った。嫌どころかちょっと嬉しいってなんだよ。どうした俺。

「社長の代わりにはなれないが、それなりに頼ってくれていいからな」

「……うん」

そこは「大丈夫」って言うところだったかもしれない。けど素直に頷いておいた。それくらい心細かったんだ。

俺って自覚してたよりずっと甘えん坊だったらしい。親離れなんてとっくにしてたつもりで、実は全然出来てなかった。

「寒いから戻るぞ」

促されて自分の部屋に戻ったら、なぜか誠志郎さんも付いて来た。

「あの？」

「眠れるまで付いててやる」

「えっ、い……いやっ、それはいいからっ！」

きっと俺、顔真っ赤だよ。子供をあやすみたいなこと言われて、それに腹立つとかじゃなくて嬉しいとか安心するとかいう気持ちが湧《わ》いてきちゃって、そんな自分にうろたえて……。

　ヤバい、顔まともに見られない。

「ちょっと待ってろ」

　誠志郎さんは部屋を出て行って、少したってからマグカップを手に戻って来た。匂いですぐわかったよ。母さんが好きでよく飲んでたハーブティーだ。まだ残りがどこかにあったのか、ここに持って来たみたいだ。知らなかった。

　俺はあんまり飲んだことない。だって美味そうじゃなかったし。

「少しハチミツが入ってる」

「……ありがと」

　たぶん眠れないって言ったからだよね。身体温めようとしてくれたのかな。

　ちょっと飲んでみたら、確かにほんのり甘くて飲みやすかった。結局半分くらいしか飲まなかったけど、少し眠くなってきたからベッドに入った。

　誠志郎さんは出て行かないで、ベッドに腰かけてる。また頭を撫《な》でられてるうちに、だんだん気持ちよくなってきた。

「なんか……」

「ん？」

「父さんが誠志郎さんに頼んだ理由、わかった気がする」

家事能力が高いとか護衛が出来るとかもあるけど、一番はきっとこれじゃないのかな。寂しがる俺をなんとか出来る人だからだ、きっと。

自分でもびっくりするくらい甘えてる自覚あるし。父さんどころか母さんにだって、こんな甘え方したことないのに。

寂しいから？　でもいくら寂しいからって、誰にでもってことはないと思う。この手が気持ちよすぎるから悪いんだ……。

「どうした？」

「あ……えっと、あれだ。もしかして父さんは俺と誠志郎さんに、兄弟みたいになって欲しいのかもって思ったり……」

思ってなかったけど、急に思いついた。

「兄弟、か」

間接照明で見えてる誠志郎さんはなぜか苦笑を浮かべた。なんだかそれが自虐的《じぎゃくてき》な意味でのものに思えちゃって、慌てて付け足す。

「父さん、誠志郎さんのこと息子みたいに思ってるんだよ、きっと。家族になれればって」

「……そうかもな」

今度はさっきみたいな顔はしなかったから、俺は安心して笑った。

安心したせいなのか、頭撫でてくれる手が気持ちいいからなのか、すうっと意識が落ちていくのを感じて、その後のことはまったくわからなくなった。

週明け、俺は誠志郎さんに見送られて家を出て、朝イチの講義を受けた。誠志郎さんは二限からだって言ってた。

そう言えば宗平に連絡する暇《ひま》もなかったな、って思って、一限が終わった後にこっそり事情を説明したら、奇声っていうのかな、ものすごく変な声を出して驚いてた。

おかげで二限のあいだ、ずっと筆談させられた。根掘り葉掘り聞いてくんだもん。だいたいのことは言ったけど、さすがに全部は言えなかった。誠志郎さんの事情は、俺が勝手に話していいことじゃないだろうしさ。

それ以外にも言えないことといっぱいあるし。昨夜のこともだし。

ほとんど筆談で終わった二限の後、カフェテリアに行こうってことになった。どうせまだいろいろ聞かれるんだろうけど。っていうか、現在進行形で聞かれてる。

「そんでさ、どんなメシ作ってくれんの？」

「いろいろ」

「いろいろじゃわかんないって」

「ゆうべは鍋《なべ》だったよ。父さんが出発前に鍋がいいって言い出してさ。それ以外だと、パスタもちゃちゃっと作ってくれたし、中華もあった。初日は和食だった。魚の竜田《たつた》揚《あ》げとか、煮ものとか、淡々と作ってたよ」

「想像出来ねー……」

まぁ気持ちはわかる。俺だって実際見るまでは想像もしなかったし、見てたときも違和感いっぱいだった。三回目くらいで慣れちゃったけどさ。

「料理が上手《うま》いだけじゃなくて、誠志郎さんってすげー強いんだよ！　窓開けっぱなしにしてたら虫入って来ちゃったんだけど、ソッコー退治してくれたし！」

「いや、虫相手に強いとか言われても……おまえが弱いだけだろ。てかおまえ、誠志郎さん呼びかよ。何日もたってねーのに、ずいぶん懐いたな」

「あー、うん。まぁね」

否定はしないよ。同居は思ってたより気楽っていうか、楽しいし。

「俺もメシ食いたいなー。遊びに行ったらヤバい？　撃退されちゃう？」

「それはないと思うけどさ……あっ、誠志郎さんだ！」

カフェテリアに行こうとして建物の外へ出たら、ちょうど誠志郎さんを見つけた。相変わらず人目を引きまくってたけど、気にしないで近付いてく。ちょっと早足になった。

「ちょっ……」

慌てて宗平が付いて来たから、ついでに紹介しちゃおう。で、家にご飯食べに呼んでもいいか聞いてみようかな。

「誠志郎さん……！」

なんかまわりからざわざわって声が聞こえた気がしたけど、まぁいいや。もう声かけちゃったし、名前呼びしたのも近くにいた人たちにも聞こえちゃったわけだし。

「いいのか？」

「なにが？　声かけたこと？　誠志郎さん的にマズかった？」

「いや、俺はいいんだが……」

「俺だっていいよ。あ、紹介するね。中学のときからの友達で、木原宗平っていうんだ。なんか誠志郎さんのご飯……」

「あーっ、どうも初めまして。木原っす。俺は完璧に安牌《あんぱい》なんで、どうぞご安心をー」

なにこの態度。なんか手もみしてる幻が見えるよ。へつらってる、どこからどう見ても誠志郎さんにへつらってる。まだなにも言われてないのに。

誠志郎さんはじっと宗平を見て頷いた。

「よろしく。君が木原くんか」

「ご……ご存じですの？」

「蒼葉の周辺は一通り把握してる」

「げっ……いやいや、いいです大丈夫。だって俺、疚《やま》しいことなにもないもん！」

「そうらしいな」

どうやら父さんが定期的に調べさせてたらしいんだよね。変なのに付きまとわれやすい俺のことが超心配だったみたいでさ。ついこのあいだ聞いて、正直ちょっと引いた。

とりあえず俺への愛が深すぎるせいだと思っておこう。大丈夫、別に重くないから。

「心配しなくても、宗平はホワイトリストに入ってたよ。大八木先輩も」

「そ……そう……ってなに、ホワイトリストって！　ブラックリストもあるってことだよな？」

「うん、あった」

リストには男の名前ばっかりずらっと並んでて、俺が全然知らない名前もあった。知らないあいだに父さんの指示で俺の周辺から排除されてたらしい。そのうち何件かに誠志郎さんが関わったって聞いてさらにびっくりした。

予想外の事実にちょっとだけへこんだよ。自分で思ってた以上に、俺って男に興味持たれちゃうみたいだ。別にモテてるとは思ってない。襲いたいとか犯したいとか思われるのは、モテるのと全然違うと思うしさ。

俺がひそかに溜め息をついてるうちに、誠志郎さんと宗平はなにか話を始めてた。

「君が一緒のときは、なるべく目を光らせてくれてるとありがたいんだが」

「あ、はい。それはもちろん。でも実力行使とかされない限り大丈夫だとは思いますけどね。こいつ、人懐こそうに見えて意外ときちっと線引きしてるやつなんで」

そうかな？　うーん……そうなのかも。言われて初めて自覚したし、意外にもちゃんと見てる宗平にも驚いた。

立ち話もなんだし、一緒にランチとかどうかなぁ……って考えてたら、急に誠志郎さんが鋭い視線をある場所に向けた。

なんだろうと思って視線を追って、うへぇって小さく変な声が出た。

戸部がいる。なんかこっち……っていうか誠志郎さんを睨んでるような……。

「一緒にいるのを見せたのは失敗だったのかもしれないな」

「え……」

「まぁ、いまさら離れるのも危ないか……」

「それってどういう……？」

誠志郎さんと俺が一緒にいると、戸部のスイッチが入るとか、そういうことか？　宗平とか大八木先輩は平気だったのに？

疑問が顔に出てたみたいで、宗平はやれやれって感じで苦笑いした。

「俺と先輩は、中学とか高校からの付きあいじゃん？　だからしょうがないって思ってる部分もあると思うんだよな。それに安全牌ってわかるみたいだし。けど神田さんはいきなり感があるし、なんかねー、ビジュアル的に『有り』って感じがしちゃうっていうか……ぶっちゃけデキてんじゃねーの、って感じだし」

もごもご言ってて後半はよく聞き取れなかった。

とにかく移動しようって言おうとしたとき、誠志郎さんがすっと動いて俺の横に立った。戸部が近付いてきてたことに、そのとき初めて気がついた。ようするにあいだに入って、背中に庇《かば》ってくれたんだ。

「蒼葉から離れろ」

戸部の声につい顔をしかめてしまう。

いやいやいや、なんの権利があってそんなこと言っちゃうわけ？　勝手に呼び捨てにしてる件はもう諦めてるけどさ。何度も抗議してやめてくれって訴えても聞いてくれないから、夏前にはもう面倒になって放置しちゃったんだよね。

「君に言われる筋合いはないな」

「蒼葉、こっちにおいで。この男といたらダメだ。こいつは敵だっただろ？」

意味わからん。相変わらず絶好調に電波受信してるなぁ。どうせまた前世でどうのって話だろ。っていうかさ、仮に前世ってものがあったとしても、同じ関係になる必要ってなくない？　恋人同士がただの友達になったっていいし、親子が赤の他人にだってなるだろ、きっと。

「俺には関係ないって言ってるじゃん」

「まだ思い出せないんだね」

なにが怖いって、本気で悲しそうな顔してることだよ。これが演技だったら、この人もう役者とかになったほうがいいんじゃないかなって思う。

「俺が離れて欲しいのはあんたのほうだよ」

「この男になにか吹き込まれたのか？」

相変わらず会話にならないんですけど……。

「蒼葉様。俺から説明してもよろしいですか？」

はい？　突然の口調変更にビビッて固まりそうになって、でもなんとか耐えて頷く。たぶん戸部を刺激しないようにってことなんだろうな。

うん、でも様はないわー。

「俺は蒼葉様の親御《おやご》さんに頼まれて、ボディガードとしてそばに付くことになっただけだ。邪推《じゃすい》されるような関係じゃない」

「ボディガード……？」

「青葉様の身に危険が及ばないように俺がいる。これは正式な契約で、赤の他人が口を出すことじゃない」

わざと事務的な言い方してるのかな。これは仕事です、っていうのを強調した感じ。

俺もうんうんって頷いておいた。実際、父さんから頼まれてるわけだし。

「危険って……」

「そういうことがないように、だ」

「へぇ……」

戸部は納得してないっぽいけど。だって誠志郎さんを見る目がまだ険しくて、親の敵《かたき》でも見てるみたいだ。

なんて考えてたら、急に戸部がこっちを向いて、思わずびくっとしてしまった。

で、とっさに誠志郎さんの背中に隠れちゃった。いやだって、いままでは一緒にいたのが宗平とか大八木先輩で、二人とも俺よりは背が高いけど隠れられるほどの体格じゃなかったから無理だったけど、目の前の背中が頼もしくてつい。

でもそれが戸部の神経を逆撫《さかな》でしちゃったらしい。誠志郎さんの陰からちらっと見たら、目を吊り上げてすごくヤバい表情をしてた。

ごめん……やらかした……。せっかくごまかそうとしてくれてたのに、これじゃ台無しじゃん。

自分の迂闊《うかつ》さにへこんでるうちに、誠志郎さんが戸部を追い払ってくれたけど、なんだか嫌な予感しかしなかった。予感っていうよりも簡単に想像がつくっていうほうが正しいか。

「ごめん……」

「気にするな。想定の範囲内だ」

「そ、そうなの?」

宥《なだ》めようとしたのか誠志郎さんの手が俺の頭に伸びそうになったけど、寸前で止まった。人目を気にしたらしい。

それがちょっと残念だと思ったことは、誰にも内緒にしようと思った。


買いものは車で少し離れた場所にあるスーパーで、週に一回だけすることになってる。それ以外は近所にあるスーパーとコンビニの中間みたいな店でちょこちょこすませてる。ネットスーパーでいいんじゃない？　って言ったら、家に配達の人が来る機会は増やしたくないって言われちゃった。配達はだいたい男がやるから、危険は増やしたくないんだとかなんとか。

反論出来なかった。前にピザの配達人に付きまとわれたことあったからさ。一回しか顔あわせてなかったのに、学校の帰りとかに待ち伏せされたり、頼んでないピザを届けに来られたりして、そのときは父さんが直接呼び出して話しあって、気がついたら来なくなってたんだ。どういう話をしたのかはいまだに教えてくれない。っていうか、俺のせいで父さんってストーカー対策の専門家みたいになっちゃったし。一人じゃなくて、部下の人たちも使ったりしてチームみたいな感じなんだろうな。で、そのなかに誠志郎さんも入ってたっぽい。

それはともかく、いまは一緒に買いもの中。誠志郎さんはカート押してる姿がびっくりするほど似あってなくて笑えてくる。

「俺が押す」

って言ったら、なんか子供が押したがってるみたいに取られたっぽくて、微笑ましげに譲られた。

違うから！　誠志郎さんが似あわないから替わってあげただけだから！

「あ、ぶどう食べたい」

「どれだ？」

「皮ごと食べてもいいやつ。あ、これこれ」

買いものに引っ付いてきたのは、食べたいものを買ってもらうためだから、欲しいものは遠慮なく言う。どうせ金は父さんから出てるんだし、誠志郎さんもよっぽど変なものじゃなきゃ黙って籠《かご》に入れてくれる。

誠志郎さんは野菜とか肉とか魚とかを、ぽんぽん籠に入れてく。迷ったりすることは全然なくて、それでもちゃんと賞味期限とか鮮度は見てるらしい。

籠一杯の食料品と、ちょこちょこ生活用品も買って、いったん車に戻る。あとは同じ敷地のなかにあるドラッグストアに寄って虫除《よ》け関係のものを買う！　誠志郎さんは効き目ないから無駄だって言うけど、ぶら下げとくだけで来なくなるやつがないと不安でしょうがないんだもん。使用期限、切れちゃったんだよね。あれがないとベランダにも出らんないし。

「えっと、匂いはなんでもいいや」

三つくらい買って、ついでに腕に付けるやつも予備に買っとく。お守りみたいなものだけど。

「一匹蛾《が》が入って来ただけだろうが。それも一センチもないようなのが」

「……虫は虫だよ」

大きいよりは小さいほうがマシだけど、ダメなことには変わりない。飛ぶヤツと足の多いヤツは特にダメなんだけど、蝶《ちょう》とか蛾もわりとエース級に無理なんだ。トンボとかテントウムシとかは、まだいいんだけどね。触れないけど。

「昔からか？」

「ううん、小学校に入ってから」

「なにかあったのか？」

あったんですよ！　でもこれは俺の体質のせいじゃないと信じたい。子供が宝物くれただけのことなんだよ。よくあることじゃん。普通は女の子相手にやることだけどな！

うん、プレゼントされたんだよ。小一のとき、同級生の男にね。カマキリの卵が二個入った紙の箱でさ……。

「いやぁ、びっくりだよ。ちゃんと孵化《ふか》すんだな、カマキリの卵って。そんでもって、ものすごい数出てくんだね」

「……なるほど」

「むしろどこで見つけて来たんだって、感心しちゃうけどさ」

郊外ならまだしも、うち……っていうかこないだまで住んでたあたりは都会のど真ん中だ。公園は近くに一応あったけど、自然豊かってほどじゃない。まぁだからこそ宝物だったんだろうな。

カマキリってあんなに強そうなのに、何百匹も生まれないとダメなのかな。やっぱ子供の頃は弱いからなんだろうか。

って冷静に語れるくらいには、実はもうカマキリは克服してる。つーか、あれ以来実物見たことないせいかな。その分、別の虫がダメになっちゃったけどね。

「いまは蛾と蝶が一番ダメ」

「蝶は問題ないと思うんだが……」

「あるよ。形同じじゃん」

「模様が違うだろ」

「関係ないし」

蝶だって、茶色いのいるじゃん。問題は形だよ、あの形！　昔、家族で夏に旅行したときにさ、山のなか一軒宿の温泉とかいうマニアックなとこ泊まったら、夜に大量の蛾が窓ガラスに張り付いてて、それ以来ダメなんだよ。いやほんとに異常な数でさ。おかげでカマキリとかどうでもよくなったもん。あ、嘘《うそ》ですどうでもよくない。

ちなみに蚊《か》とか蟻《あり》とかは平気。触れないけど、怖くはないよ。ハエのでっかいのとかになると、びくっとしちゃうけど。

なんて話しながら買いものをして、車に戻った。父さんの車だったやつは、いまは名義変更されて誠志郎さん名義だ。国産ＳＵＶのミドルクラスで、使い勝手がいいって理由で父さんはいつもこの手の車に乗ってた。セダンとかスポーツカーとかには全然興味なかったんだよね。イメージからすると、真っ赤なイタリアのスポーツカーとか乗ってても不思議じゃないのに。

誠志郎さんはこだわりとか全然ないみたいで、扱いやすければいいらしい。

「さすがにもう暗いなー」

「外で食べていくか？」

「あ、それもいいかも」

週に二回くらいは外食とかデリバリー取ったりしてるんだよ。だって毎日誠志郎さんに作らせるのも悪いからさ。これは俺じゃなくて父さんの方針。

そこそこ広い駐車場は半分くらい埋まってて、買いもの客も大勢出入りしてる。

助手席に乗り込んでドアを閉めた途端《とたん》、サイドのガラスにアレが！

「うわぁっ……！」

蛾だ、蛾だよ！

とっさに運転席のほうに逃げたのはしょうがない。だって蛾だもん！　しかも裏からバッチリ見ちゃった！

うう－気持ち悪いーっ。鳥肌立ってる。まだいるって思うと顔上げられないし、ドアのほうにも寄れないし。

そしたら誠志郎さんが俺のほうに寄ってきて、覆い被さるみたいに……ちょっ、なに……っ？

コツン、て音がした。でもってすぐに誠志郎さんは離れて、運転席に普通に戻った。

「……え？」

いまガラス叩いたの？　え、じゃ別に俺に寄ってきたわけじゃなくてドアに寄っただけ？

うわぁ、マジで恥ずかしい。なに意識してんだ俺！　っていうか、やっぱ俺自意識過剰なんじゃないの。いくら男にストーカーされまくってるからってさぁ。恥ずかしい……。

「飛んでいったぞ」

「あ……ありがと」

恥ずかしくて顔を上げらんない。ちらっと窓ガラスを見たら本当にいなくなってたから、身体は戻してシートにもたれた。

ちょっと疲れた。

「アウトドアには向かないな」

「向かなくていいよ、興味ないし。誠志郎さんは好きなの？」

「別に好きでも嫌いでもないな」

「ふーん……けど誠志郎さんとだったら心強いかも……」

きっとサバイバルだってお手のものだよ、たぶん。見た目はインテリくさいけど、なんでも出来る人だしさ。虫だって簡単に撃退してくれちゃうし。

「そろそろ虫も少なくなってくるだろ」

「……早く冬になればいいのに」

暑いのは嫌いじゃないけど、虫が出るから夏は嫌いだ。寒いのは嫌いだけど、虫が出ないから冬のほうが好き。

だって虫がいなければ俺は気が休まるし、変な勘違いだってしなくてすむし。

動き始めた車のなかでこっそり誠志郎さんを見たら、なにもなかったみたいな顔してハンドルを握ってた。

一人で動揺してる俺ってバカじゃん。知ってたけど。


戸部が誠志郎さんに絡んできた次の日から、大学にいるときはなるべく宗平が一緒にいてくれてたりする。もちろん選択した授業が違うこともあるから、ずっと一緒ってわけにはいかないけど。

なんかね、戸部の妄想がまた斜め上に飛んでっちゃって……。なぜか誠志郎さんが父さんを丸め込んで俺を手に入れようとしてる……とかなんとか言い出してさ。どこに着地してんだよ。

騙《だま》されちゃダメだとか、目を覚ましてとか、とんちんかんなことも言われたっけ。

うちの父さんは二十歳そこそこの若造《わかぞう》——誠志郎さんにはちょっと違和感ある言葉だけど——に丸

め込まれるような人じゃないんだけどね。実際、そんなようなこと言ってみたんだけど、聞いちゃくれない。

で、誠志郎さんのこと超敵視してるっぽい。

「嫉妬《しっと》の炎がメラメラ……ってやつですな。本人は運命の恋人を魔の手から守るため、って思ってるみたいだけどな」

「やめろ、鳥肌立つ」

腕をさすってるのはポーズじゃなくて、マジで寒気がしたからだ。前より悪化しちゃったから、あの人。暴走中だから。

なんかね、誠志郎さんは前世の宿敵で、隣の大国の将軍だったんだってさ。で、俺を見初《みそ》めて攫っちゃったとかなんとか。身分違いで結ばれなかった設定はどこ行ったんだよ。よその将軍に邪魔された話なんて、いままで出てこなかったじゃん。

設定はともかく、すっかり敵視されちゃった誠志郎さんはここ何日か大学に来てない。対処のため、って言ってたけど、具体的なことはわからなかった。戸部もあんまり見ないけどね。

「場外乱闘だったりして」

「は？」

「おまえから見えないとこで一騎打ちしてるかもよ？」

「……ありそう」

別に決闘してるわけじゃないと思うけど、実際もう情報戦みたいのは起きてるし。

あの後、誠志郎さんの悪い噂がいくつもばーっと流れたんだよね。間違いなく戸部が流したんだと思う。誠志郎さんはどうでもよさそうで、ゼミの人たちとか教授とかは、事実無根だってわかってるからいいとも言ってた。もともと遠巻きにされてたから、関係ないって。

もちろん宗平や大八木先輩、中高から持ち上がりの友達とかフルに使って火消しはしたけど、そのせいで余計にある噂だけ残っちゃったというか、信憑性を増しちゃったというか……つまり、俺と誠志郎さんと戸部の三角関係説が！

「あれは修羅場《しゅらば》にしか見えなかったもん。いまだから言うけど」

「マジで？」

「うん。戸部の横恋慕《よこれんぼ》説が一番多いかな。次点で元カレ戸部の未練たらたら説。神田さんの略奪愛《りゃくだつ》説もあるぞ」

「ありえない……」

男だけの三角関係とか笑えない。なんでそんな噂が、しかも楽しそうな感じで蔓延《まんえん》してんだよ。そう、楽しそうなんだよすごく！　顔をしかめる感じじゃなくて、おもしろがってるというか、娯楽っぽいというか、そんな感じなんだ。

「まぁまぁ、ようするに本気でそうと思ってるわけじゃないってことで」

「たいして慰《なぐさ》めになってないし」

大学にいるといつも視線がチクチク刺さって気が休まらないんだよ。見られるのは慣れてると思ってたけど甘かった。

「イケメンが取りあってる美少年、だもんな。美少年って言葉、破壊力すごくね？」

「勘弁《かんべん》して……」

恥ずかしいというか、いたたまれないというか、いますぐこの場でゴロゴロ転がりたいくらいだよ。ただ見られてるのと見世物《みせもの》になってるのは違うって初めて知った。

「相手が悪かったよな」

「誠志郎さんのこと？」

「それそれ、誠志郎さんなんて呼んじゃってるしさ。いままで誰ともつるんでなかった人だから、余計インパクトあったんだよな。手下はいっぱいいるみたいだけど」

「は？　手下？」

「噂だけどね。でもなんか本当っぽいんだよなぁ。もしかしたら俺もそうなのかも」

そう言えば掌握《しょうあく》したとか言ってたような……あれってマジなのか。宗平の態度見てるとありそうな気がしてきた。

誠志郎さんってよくわからないっていうか、底が見えないっていうか……別に俺は気にならないけどね。優しい人っていうのは知ってるから。

これは恥ずかしすぎて誰にも言えないことなんだけど、初日の夜に情けない姿を見せちゃったせいか、あれから誠志郎さんは毎日俺が寝つくまで部屋にいてくれて、頭撫でてくれてる。

「そろそろ帰る？」

「おう。あ……でもちょい待って。学生課行かねーと……途中で待ってて」

「わかった」

一緒に帰るようにって言われてるから、俺としてはそれを破る気はない。宗平を待つのはカフェテリアの片隅で、人目には付かないけどなにかあればすぐ声出して周囲には気付いてもらえる、ってことらしい。この時間だと、まずここまで人は来ないんだって。これは誠志郎さんの提案だ。

カフェは全員がなにか飲み食いしてるってわけでもなくて、ただ座って話したり本読んでたりするやつもいる。俺もそう。どうせ宗平は十分くらいで戻ってくるし。

スマホでも弄ってようと思ってバッグに手を突っ込んだとき、俺のいるあたりにふらっと人がやってきた。

俺の専用席じゃないから当然なんだけど、大勢だと嫌だなと思って見たら、男が一人だった。顔までは見てないけど、それは確か。

「あれ？　檜川くん？」

ヤバい、俺のこと知ってるやつだ。だからって俺が相手を知ってるとは限らないし、ちらっと顔だけ見て「どうも」くらい言っておけばいいかな。

と思って顔を上げて、びっくりして固まった。

「き……北里先生……？」

なんでなんで？　あれ、そっくりさん？　いや、違うよね本人だよね。多少印象は変わってるけど、それは髪型とか、あの頃より大人っぽいとかで、絶対間違いなく北里先生だ。

なんでここにいんの？

「そうか……檜川くん、ここの付属だったよね、そう言えば。あ、ここ座ってもいい？」

「ど、どうぞ」

向かいの席に座った北里先生は手にコーヒーを持ってた。それと専門書っぽいのが何冊か。

「久しぶり。元気そうだね」

「あ、はい。先生も」

「先生はやめてよ。いまはただの助手だからね。しかも先週から」

にこっと笑う北里先生……じゃなくて北里さんは、相変わらず王子様みたいにキラキラしてる。爽やかっていうか、優しげだ。茶髪なのも染めてるんじゃなくて地毛だって言ってたっけ。

北里さんは確か理工学部だったたし、持ってた本もそっち系だから、なかなか噂が入ってこなかったんだろうな。棟《とう》が外れのほうなんだよね。

「留学から戻ってたんですね」

「うん、この夏に。まさか檜川くんと会えるとは思わなかったな。すっかり大人っぽくなっちゃって。見違えたよ」

「ほんとですか？」

なんか超嬉しい。日頃、童顔って言われたり高校生みたいって言われるから、大人っぽくなったなんて言われたら舞い上がっちゃうよ。中学のときと比較して、っていうのはわかってるけど。

「あれから成績はどんな感じ？」

「え……あー、普通、です……中の上くらいをウロウロ……」

前期試験も再試にはならなかったけど、特別よくもないって感じだった。でも苦手だった英語はちょっとだけ克服したよ。それは間違いなく北里さんのおかげだ。

「ところで学部はどこ？」

「経済です」

「そうか、じゃあ普通にしてたら会えないね。今日はたまたま学生課に来たついでにここ寄ったんだよね」

北里さんもか。って、そろそろ宗平が戻ってくるかな。と考えてたら、スマホがピコンって鳴った。

宗平の用事が終わったらしくて、カフェテリアの入り口で待ってるって。もう少し話したかったけど仕方ない。

「すみません。俺、行かないと」

「うん。またね」

「はい……あ、番号とか交換してもいいですか？」

「もちろん」

あの頃出来なかった連絡先の交換がやっと出来る！　急いで交換してから、俺はスマホを握りしめてカフェテリアを出た。

宗平は壁にもたれてスマホを弄ってた。

「帰ろ帰ろ」

「うん」

そのまま最寄《もよ》り駅近くまで宗平と一緒に帰って別れて、歩いて五分でマンションに到着した。近いっていいよね。

あ、誠志郎さんが家にいた。てっきり出かけてるのかと思ってたけど、ドアを開けた途端にいい匂いが漂ってきた。

「ただいま」

「おかえり。変わったことはなかったか？」

「うん、別に。あ……」

「どうした？」

「ううん、なんでもない。戸部も全然見なかったし、宗平がずっと一緒にいてくれたし。いつも通りだよ」

「そうか」

喉渇いたからキッチンに行って、冷蔵庫を開ける。果汁入りの炭酸水を出して、何口か飲んだ。ふと気付いたら、誠志郎さんがこっちを見てた。

「え、なに？」

「いや……機嫌がよさそうだなと思ってた」

「そう？　そうかな……」

だとしたら北里さんのことがあったからかな。でも帰りがけのことは言わないことにした。自分でもよくわからないけど、そのほうがいいと思ったたし、なんとなく内緒にしておきたい気分ってのもあるし。

って、あれ？

「なんか付いてる」

誠志郎さんのシャツの、肩のとこに赤っぽいなにかが付いてた。最初は血かと思ってビクビクしてたら、赤じゃなくてピンクなんだってわかった。

「口紅じゃん……」

「ああ……」

心当たりがあるみたいで、誠志郎さんは顔色一つ変えない。

え、ちょっと待って。大学サボってなにやってたんだよ。戸部のことで動くとかなんとか言ってなかった？　まさかそれ口実に女と会ってたのか？

なんかショックだ……。別にさ、個人の自由だとは思うよ。誠志郎さんなら、女の一人や二人いたって不思議じゃない。というかいて当然だよ。

それに誠志郎さんが戸部のことで動いてくれてるのは別に仕事じゃない。だからそれを口実にデートしようが、合間に彼女と会ってようが、俺がとやかく言うことじゃなくて……。でもさ、でもなんかモヤモヤする。

「違うからな」

「え？」

「いま、妙な誤解をしただろ。女と会ってたんじゃないか、とか」

なんか溜め息まじりにそう言われた。

「ち……違うの？」

「会ってたというより、接触されたっていうのが正しいな」

「はい？」

接触？　ぶつかったのか？　え、デートじゃないの？　そっか、違うんだ……。

「戸部の差し金みたいだな」

「どういうこと……？」

「俺に女を宛《あ》てがって、なんとかしようとしたんだろ。俺をただ落とそうとしたのか、罠《わな》でも用意してたのかは知らないが」

「そんなことまでしてんの、あいつ……」

「おとといは男だったな。小柄《こがら》で童顔の……ああ、先週蒼葉に接触してきた学生だ。絡まれてたんだろ？」

「あ……」

まさかあれか、自称傾城の姫。あいつ、戸部の電波仲間だったのか。話があいそうだよな、いっそ電波同士で付きあっちゃえばいいのに。両方とも男いけるならちょうどいいじゃんね。

あれ、もしかして二人の前世話って同じワールドなのか？　隣の国の将軍は傾城の姫に興味なかったのかな？　どうでもいいけど。

それにしても戸部はなにやってんだろうな。一方的に誠志郎さんのこと敵視してんなとは思ってたけど、なにしやがったんだ。や、わかるよ。誠志郎さんをはめたいんだなってことは。ただそこまで頑張っちゃうとこが理解出来ない。

「ちなみに、ほかにはどんな？」

「頭の悪そうな連中に絡まれたり、職質されるように仕向けられたり」

「戸部って単純に誠志郎さんのこと嫌いなんじゃないか？」

「それもありそうだな」

あっさり認めた。いや、どうでもいいから同意しただけか。

想像以上に大変だったんだな。徒歩通学でよかったよ。電車に乗ってたら、絶対痴漢《ちかん》えん罪とか仕掛けられてたね。

「ごめん。俺がミスったせいで」

「気にするなって言ったろ」

「……うん。あ、手伝う？」

「頼むから手は出さないでくれ。仕事が増える」

「ひどっ」

いや事実なんだけどね！　実際もう皿割っちゃってるし、それもテーブルからシンクに持っていくあいだに蹴躓《けつまず》いて。

「まぁ、あれだ。人には向き不向きがあるってことだ」

「慰めになってないから！　でもほんとに誠志郎さんってなんでも出来るよね。クールだしどっかインテリっぽいとこもあるし」

「それは違うな。俺はクールでもないし、インテリでもない。素《す》の俺はむしろ粗野《そや》で言葉使いも乱暴だぞ」

「えー、じゃそれでいいよ。素でいいじゃん」

一緒に暮らしていくんだから、キャラなんて作らないほうがいいじゃん。疲れるよ。粗野とか乱暴って部分は全然想像出来ないけどさ。

「気が向いたらな」

「ちぇー」

出してくれないものは仕方ないし、食い下がる気もなかった。おとなしく部屋に戻ってレポートでもやろう。そうだ、そう言って部屋に引っ込もうとしてたんだよ、もともと。

上手い具合に北里さんのこともごまかせたな。部屋に入ってドア閉めて、思わず溜め息をついた。ちょっと後ろめたいのは確かだ。本当は誠志郎さんだって俺の交友関係を知っておきたいだろうしさ。

でも戸部のことでピリピリしてるっぽいから、北里さんのこと言ったら絶対また警戒されるだろうし。迷惑になるといけないじゃん。どっちのって、両方ね。無闇に調べられたら北里さんだって嫌だろうし、誠志郎さんだって余計な仕事が増えるわけだし。

あの人は、宗平の言い方をすれば安牌なんだよ。だって一年以上勉強見てもらってたけど、態度普通だったもん。変な視線とかもなかったしね。

「よし、ほんとにレポートやろ……あ、その前に……っと」

せっかく番号とアドレスをゲットしたし、挨拶だけでもしとこ。

これからよろしくお願いします、みたいなことを打つと、少したってから返事が来た。内容は俺のメッセージへの返事と、今日の夜は映画を見に行く、っていうなんでもない話だった。

なんの映画か聞いたらベタベタの恋愛映画だった！　これって、デートだよね。一人で行く……のもありかもだけど、北里さんが一人で恋愛映画見るってのはないような気がする。

だからデートですか、って聞いたら、笑ってる顔文字だけ返ってきた。

くそう、リア充め。ってのは思うだけで、実際には打たなかった。なんとなく北里さんの前ではいい子でいたいし。

当たり障《さわ》りのないことをいくつかやりとりしてからスマホを置いた。

今度ランチでもしようって誘われたのが、ちょっと嬉しかった。

北里さんと再会してから一週間、そのあいだ俺たちは二回だけ廊下で立ち話をした。

ラインとかでちょこちょこやりとりはあるけど、まだランチの約束は果たされてない。忙しいみたいなんだよね、すごく。覚えることがいっぱいなんだって言ってた。

たった三回会って話しただけなのに、噂って怖いよね。気がついたら俺に三人目の男が現れたことになってた。まぁ北里さんも見た目がいいから、格好の餌食《えじき》ってやつ……。

巻き込んじゃってすみません、ほんとに。いい迷惑だよね。俺と話しただけでホモの四角関係の一角にされちゃって……。

一応そのへん説明して謝ったら、ちょっとびっくりしながらも笑ってた。ユニークだね、って……ユニークか？

「おまえが釣り上げるのは電波だけじゃなかったんだな。イケメンもかよ」

って宗平が笑いながら言った。なんかムカツク。

「釣った覚えはないですー」

「神田さんの耳にも入ったみたいだぞ」

「……らしいね」

そう、昨日聞かれたんだよ。北里さんのことは、塾講師だったことまでは把握してたらしいけど、ホワイトリストに入ってたから気にしてなかったらしい。さすがに帰国したかしないかまでは、追ってなかったたってことだよね。

宗平と廊下をぷらぷら歩いてたら、カフェテリアから出て来た北里さんとばったり会った。

あの日以来、北里さんはよくこっちのカフェテリアまで足を伸ばす。理工のほうにあるのは大学直営の学食で、あんまりきれいじゃないんだって。

「やぁ」

「こんにちは」

手にはパソコンもあるから、なにか作業でもしてたのかも。

「友達？」

「はい。中学からの」

「ども、木原宗平っていいまーす。お噂はかねがね」

「怖いな、どんな噂？」

笑いながら言ってもちっとも怖さは伝わってこない。まぁ本気で思ってるわけじゃないから当然だけど。

「すっげー親切で頭いい先生だって。あ、これ中学んときです」

「悪口じゃなくてよかったよ」

「言わないですよ」

特に話すこともなかったけど、なんとなく挨拶だけっていうのは寂しくて、話題はないかなって頭のなかはフル回転だ。

そんなとき、北里さんの視線が俺の背後に流れた。

首を傾《かし》げるようにしてなにかを見ていて、先に視線を追った宗平が「げっ」と小さく声を出した。

その反応で誰かわかっちゃったよ。

「アレ？」

「そう、アレ」

小声で確認。やっぱり戸部だった。

北里さんもイケメンだから、誠志郎さんのときみたいに怒鳴《どな》り込んでくるかなと思ったけど、それはなかった。

「ねぇ、いま知らない学生に睨まれたんだけど……」

あ、やっぱりそれなりの反応はしてたんだな。睨むだけですんだのはよかったのかもしれない。誠志郎さんのときはいきなり来たわけだし。やっぱり人が多いとこだとやらないんだ。そういうとこが、変に冷静なんだよなぁ。

「蒼葉に言い寄ってるやつなんですよ」

「ああ……」

誤解のないように、北里さんには戸部の妄想も含めていままでのことを話してある。すぐにピンと来たようだった。

「じゃあ彼が、ボディガードかな？」

「え？」

千客万来《せんきゃくばんらい》！　って違うか、勢揃い……でもないし。とにかく誠志郎さんまで来ちゃったよ！　あ、だから戸部が寄ってこなかったってのもあるのかも。

誠志郎さんにあれこれ仕掛けてことごとく失敗している戸部は、さすがに誠志郎さんに対して苦手意識みたいなものが芽生《めば》えたらしい。相変わらず遠くから睨み付けてはいるけど、直接なにか言うことはなくなったみたいだ。

ターゲットが北里さんに移らなきゃいいけど……。や、だって北里さんは誠志郎さんと違って、簡単にはめられちゃいそうじゃん。頭はまわるけど、荒事とか搦《から》め手には慣れてない感じがする。場数《ばかず》を踏んでないというか。

いかにも育ちのよさそうな北里さんを見てたら、にこにこ笑いながらこっちを向いた。

「ボディガードさんのお出ましだ。疚しいことはなにもしてないって、ちゃんと証言してね」

冗談めかして俺にウィンクして、北里さんは気負いのない表情で誠志郎さんを見た。誠志郎さんは無表情に近かった。

場の空気が冴え冴えしてる。北里さんは穏やかなんだけど、誠志郎さんがこう……雰囲気冷たいんだよな。別に敵意とかそういうんじゃない……と思う。理由ないし。うーん、ここは俺がなんとかするべき……？

「え、っと……こちらが父の身内の人で、神田誠志郎さんです」

身内って言葉、曖昧《あいまい》で使い勝手がいいよね。親戚って受け取る人もいるし。

「初めまして。檜川くんのボディガードなんだって？」

「そんな大げさなものじゃないですが」

誠志郎さんは相変わらず愛想ゼロで、北里さんは人好きのしそうな笑顔だ。こうして並んでるとこ見ると、まったくタイプが逆っていうかなんていうか、対照的だよなぁ。誠志郎さんはもっと対人スキル上げたほうがいいと思うよ。せっかくハイスペックなのに、性格と態度でマイナス出ちゃうんじゃないかな。

でも……気のせいかいつにも増して愛想がないような……宗平とか大八木先輩とかを紹介したときは、もっとマシだったよね？

「じゃあ、そろそろ行くから」

それでも北里さんは気にした様子もなく研究室に戻っていった。大人だな。誠志郎さんの様子に思うところもあったはずなのに。

「あの俺もそろそろ……」

宗平は顔をちょっと引きつらせて、顔色を窺《うかが》うみたいにして誠志郎さんをちらっと見た。でも身体も顔も俺のほうを向いてて、たぶんいまの言葉だって俺に向けたものだ。

「あ、うん。また明日」

「おー」

そそくさと帰って行くなぁ。逃げるように、っていうのがぴったりじゃん。たぶん誠志郎さんの雰囲気が怖かったんだな。

促されて一緒に帰ることになったはいいけど……微妙に緊張感があるっていうか、空気が張り詰めた感じ。

「最近よく会ってるらしいな」

「会うっていうか……立ち話してるだけだよ。出かけたりはしてない」

それも待ちあわせたわけじゃないしね。北里さんの行動範囲が広くなって、俺ともかちあうようになった、っていうだけだ。

「北里のことを、俺に言わなかったな」

うっ、来た。バレたら突っ込まれるだろうなと思ってたけど、ずるずる先延ばしにしちゃったんだよね。悪かったな小心者で。

「あの……うん、それは……その……」

「まぁいい。それで北里は偶然うちの大学に来たのか？」

「偶然じゃなかったらなに？」

おかしなこと聞くなぁ、って思ったし、そういう感じの顔と言い方になった。でも誠志郎さんは表情一つ変えなかった。

「蒼葉を追って来た可能性もあるだろ」

「ないって。だって何年も音信不通だったんだよ。急に思い出して俺のとこに来るとか、ちょっと考えられないじゃん」

ずっと俺のこと考えてたっていうのは、もっと想像出来ない。だいたい塾のときから北里さんは普通で、俺に変な興味は抱いてなかったんだよ。戸部みたいなやつらとは違うんだ。

なのに誠志郎さんは納得しない。はっきりそうは言わないけど、様子でわかった。

「昔、なにもなかったのか？」

「なにも、ってなに」

「個人的な付きあいだ。恋愛、もしくは性的な……」

「ないよっ！」

いやいや、なに言ってんの。ありえなさすぎて思わず大声出しちゃったじゃん。

その後で、大学から結構離れてたことに気付いてほっとした。こんなとこうちの学生に見られたら、明日にはまた変な噂が流れるに決まってる。

「そ……うか。蒼葉は年上の男に弱そうだと思ってたんだが……」

「は？　どういう意味？」

「いや、俺のこともわりとすぐに受け入れてたからな。そういう質《たち》なんだろうと……」

最後のほうは頭に入ってこなかった。俺のことそんなふうに思ってたの？　しかも言い方が冷たいよ。まるで突き放されたみたいな気持ちになる……。

悔しくて、気がついたら誠志郎さんを睨み付けてた。

「北里さんのなにが気にくわないわけ？」

「なにと言われると困る。ただ……実際に会ってみて、引っかかりを感じた」

「気のせいだよ。だってそんなの根拠《こんきょ》もなにもないじゃん」

「そうだな」

否定しないくせに、誠志郎さんは俺の言葉に納得もしてない。とりあえず受け流してるって感じで、余計にカチンときた。

だいたいなんだよ。昔なにかあったのか、って。あるわけないじゃん。そんなの北里さんにも失礼だろ。

黙って睨み付け続けても、誠志郎さんは小さく溜め息をつくだけだった。聞き分けのない子供を見るような目が、ますます俺のへそを曲げさせることになった。

あれ以来、俺たちのあいだには必要最低限の会話しかなくなった。

ほぼ俺の問題だ。ああ見えて誠志郎さんは特に無口ってわけじゃないから、機会があれば話しかけてきてたんだけど、俺がろくに返事もしないから仕方ないな、って顔してあんまり話しかけてこなくなった。

いまのこの状態って、父さんに報告されちゃったりしてるのかな。別にいいけど。どうせなにも言ってこないだろうし。

いつもの空き教室で、大八木先輩や宗平と買ってきたサンドイッチを食べて、あんまり美味《おい》しくないなと思った。パンがぼそぼそしてる。昨日の朝ご飯に出してもらったサンドイッチがすごく美味かったから、余計に残念感がある。

「まだストやってんの？」

「ストじゃないし」

「少なくともケンカじゃないよねぇ」

大八木先輩、なんでそんな微笑ましげに笑ってんの。宗平も。

二人とも、俺の一方的な感情なんだって知ってて、生ぬるい目で見守ってる。いつ折れるか、いつ耐えきれなくなるのかって、むしろ楽しそうに待ってる感じだ。

実際ちょっと寂しいよ。前はリビングでテレビ見ながら話したり、レポート手伝ってもらったりしてたのに、いまはほとんど自分の部屋に閉じこもってる状態だし。

タイミング逃しちゃった感がある。どうやって元に戻ろうかって、いろいろ考えてみるんだけど、上手く出来そうもなくて尻込みしちゃってる感じ？

だってまだ二週間くらいの付きあいなんだよ。誠志郎さんのことは知らないことのほうが多いし、向こうが怒ってるのか怒ってないのかもわかんないし。相変わらずいろいろやることがあるみたいで、大変そうだし……。

「普通に、ごめんなさいって言えばいいんじゃない？」

「ごめんは違うと思うんですよね……」

「北里さん、だっけ？　彼とのこと、勘ぐった神田さんのほうが悪いから？」

「そ……そこまでは思ってないですけど……」

大八木さん、笑顔なのに結構容赦《ようしゃ》ない。でもこれって嫌みとか皮肉じゃないし、俺をとっちめようとか思ってるんじゃないんだよ。ただ聞きたかっただけなんだと思う。

実際、俺も自分がなにに対して憤《いきどお》ってるのか、正直よくわかんなくなってる。はっきりしてるのは、あのとき北里さんとの関係を誠志郎さんに疑われたことがかなりショックだった、ってことだ。

「めんどくせーなぁ。もうなにごともなかったような顔して、ただいまー今日のご飯なぁに、って言えばいいじゃん」

「それが一番難しいんだってば」

だいたい俺の真似《まね》が下手すぎる。そんなブリブリのしゃべり方なんかしないから。

「実際どうなの？」

「なにがです？」

「その北里さんって人。木原くんは会ったんだろ？」

大八木先輩は話としてしか知らないんだよね。週に一回ここで会うだけだし、先輩は社会学部で北里さんとの接触もないし。

宗平はうーん、と唸《うな》った。

「まぁ何回か。えっと……紳士的っていうか、人当たりのいい人っすよね。評判もいいみたいだし、女子がきゃーきゃー言ってます」

後半は個人的見解じゃなくて、現状を言っただけじゃん。って思った途端に、大八木先輩は仕方なさそうに笑った。

「うん、それは僕でもよく聞くよ。じゃなくて、木原くんから見てどうかってこと」

「えー正直よくわかんないっす。とりあえず俺は付きあえないタイプだな、ってことくらい」

「え、なんで？」

どこが？　って意味で言ったら、宗平はちょっと芝居《しばい》がかった感じで首を横に振った。

「気楽に付きあえそうにねーじゃん。無理無理。神田さんとは別の意味で緊張するわ」

「そうかなぁ……」

友達付きあいは確かに出来そうもないけど、先輩後輩としてならありじゃん？　宗平もだけど、大八木先輩あたりは気があいそうなんだけどなぁ。かと言ってわざわざ引きあわせる理由もないからしないよ。

それにしても北里さんってそういうイメージなのか。なんか意外だ。話題豊富で話してて楽しいし、誠志郎さんと違って堅苦しいわけでもないのにな。まぁ誠志郎さんが堅いっていうのは、本人に言わせると素じゃないらしいけど。

買ってきたサンドイッチを一応全部食べて、ふうと一息。やっぱり誠志郎さんの作ったやつのほうが美味かった。また作ってくれないかな。

実はまだ一回もリクエストを出したことないんだよね。なんとなく、悪いかなって気がして。しかもいまは気まずい雰囲気になってるから、余計に言えない。

向こうもさ、必要なこと以外言わなくなってるし。今朝だって事務的に「知らないやつと二人きりになるなよ」とだけ言われて、素っ気《そけ》なく送り出された。

なんとなくもの足りない。腹が、ってよりも、気持ち的に。

「甘いもの買ってきます」

売店が近いから、と思って教室を出ると、すかさず宗平も付いて来た。

「俺もパン買い足しー」

「まだ食べんの」

「成長期だもーん」

絶対もう終わっただろ。普通、大学生は成長期終わってるよ。二十歳になっても伸びるって人も、なかにはいるらしいけど。

「あれ、君たちもいまからお昼？」

あ、これ北里さんの声だ。宗平が小さい声で「げっ」とか言ったことは、聞かなかったことにしてやった。

北里さんは買ってきたパンらしいものを持って立ってた。

「食べたんですけど、ちょっと買い足しです」

「若いなぁ」

相変わらず北里さんはにこにこ笑って話してくれる。この微笑みがいいっていう女子の声を、つい昨日たまたま聞いた。同感、って思った。

北里さんは宗平と目があうと、やっぱりにこって笑った。

「仲いいね。いつも一緒にいるよね」

「はぁ、なんとなく……っすね」

そう言えば前はこんなに一緒じゃなかったよね……つるんでたことはつるんでたけど、ここまで一緒に歩いたりすることはなかった気がする。いつからだっけ……？

「もしかして、檜川くんが元気ないから心配して？」

「あ……いや、それは……」

「いい友達だね」

そうだったの？　宗平の様子を見てたら、どうも間違いじゃないらしい。微笑ましいものを見るような目で、北里さんは俺と宗平を眺《なが》めてる。

ものすごく恥ずかしくなってきた。

「悩みごと？」

「そういうわけじゃないんですけど……」

「僕でよかったら、いつでも聞くからおいで。役に立てるかどうかはわからないけど」

うー、やっぱりいい人だよ。昔と一緒だ。あの頃、両親のこと知ったばかりで、多少情緒不安定だったからなぁ。

でも相談出来ないや。だって原因が北里さんなんだし……あ、でも原因はぼやかして、誠志郎さんと微妙な感じになってる、ってくらいは言ってもいいかも。

うん、後で連絡してみよう。

「えっと、じゃあ電話します」

「うん。それじゃね」

「はい」

爽やかに去ってく後ろ姿を、じっと見送った。

ちょっとだけ気が楽になったかもしれない。まだ相談もしてない段階なのに、この安心感。

言葉ってやっぱ大事だよ。誠志郎さんはあんまり言ってくれないタイプだからなぁ。慰めるときも言葉じゃなくて主に行動だったし、俺がこないだからこんな状態でも、しばらく様子見ようって感じだし。や、もちろん最初のほうで無視に近いことした俺が悪いんだけども。

「蒼葉、行くぞー？」

「あ……うん」

売店はすぐそこだ。実際はもうお菓子なんてどうでもよくなってたけど、来た以上はってことで、チョコクッキーの小袋を一つだけ買った。宗平はサンドイッチを買い足してた。ちなみに売店のは美味しくないから。

大八木先輩の待つ教室に戻る途中、急に宗平が立ち止まった。

「なに？」

「いや、あのさ……蒼葉は神田さんと北里さん、どっちなん？」

「は……？」

「どっち取んの？」

なんで二択になってんのか、そこから突っ込みたい。どっちって、なんでどっちか選ばなきゃなんないの？

「そういうんじゃないだろ」

北里さんは元先生で、いまは先輩。誠志郎さんは……なんだろ、同居人？　ボディガードとか世話係とか言われてもそっちはピンと来ないんだよね。でも同居人っていうのも、ちょっと引っかかるというか、それだけってのはなんか違うというか。

友達じゃないし、先輩っていう存在でもないし。だってそもそも誠志郎さんは父さんの命令で俺に付いてる人だ。俺は恩人の息子、ってだけの存在なんだ。

あれ……言葉にすると、なんかへこむ……。なんでこんなダメージ大きいの？

「どした？」

「……宗平が変なこと聞くのが悪い」

「えーでも、重要なことだと思うぜー？」

「どこが？　だいたいさ、選ぶことじゃないって。両立するじゃん」

「いや、しねーと思う」

やけにキッパリ言ったな。けど、同意はしないから。確かに誠志郎さんは北里さんのこと気に入らないみたいだけど、どっちかに遠慮してどっちかとの付きあいやめるなんて、する必要ないし。

みたいなことを言ったら、宗平はムカつくほど大きな溜め息をついた。

「あー、うーん……あんまり俺が余計なこと言ってもなぁ……けど、俺的にあっちはないと思うんだよな……かと言って誘導すんのはないわ……」

よくわからないことをブツブツ言ってる。

「行くよ？」

宗平を引っ張って大八木先輩のところに戻ろうとしたら、教室の前で突然「ちょっと外す」なんて言ってどっかへ行ってしまった。

「ただいまです」

「あれ、宗平くんは？」

「トイレじゃないですかね」

本当のところは知らないけど、まぁそのうち戻ってくるだろ。

先輩の近くで俺は買ってきたチョコクッキーを食べることにした。でも我ながらちょっと上《うわ》の空だったと思う。宗平が言ったことが、なぜか頭から離れなかったからだ。

どっちか選ぶなんて……なんであんなこと言い出したんだろ。

「先輩……」

「うん？」

「一人だけ選んでもう一人は切るみたいな人間関係なんて、ないですよね？」

「あるんじゃないい」

「え？」

「切る、っていうのとはちょっと違うけど、選ぶ場合はあるよ。恋愛とか結婚って、普通はそうじゃない？　もちろんそうじゃない場合もあるけど」

「恋愛……」

ああ、確かにそう……それなら納得がいく。

宗平は俺たちのこと、そんなふうに見てたのか。そりゃあんなこと言うわけだ。

父さんがゲイだってことは言ってないはずなのに、あいつはなんで親友がゲイかもしれない、だなんてことまで、そんなナチュラルに受け入れちゃうんだろう。前から偏見はないんだろうなとは思ってたよ。俺が男からコクられても、ストーカーされても、異常な行動に関しては引いてたけど、男同士っていう部分は流してたからさ。

え、ちょっと待って、あれ……？　さっき俺がへこんだのって……いや、ないない。まさかそんな。

違うって。俺はただ、誠志郎さんを兄貴みたいに慕《した》ってるだけで……なんか違う気もするけど、とにかく懐いてるだけだ。

うん、そうそう。俺が二人に懐いてるから、宗平にはいつもと違うように見えるんだよ。そう言えば北里さんとの関係、誠志郎さんも疑ってたし。

黙々と食べながらいろいろ考えてたら無口になっちゃって、そんな俺を先輩が心配そうに見てた。

気付いてたけど自分からはなにも言わずにいた。

先輩ってこういうとき、絶対に突っ込んではこないんだよね。だから教室にはほとんど会話はなかった。

大八木先輩とは結構親しいけど、ずっとしゃべってるっていう感じでもない。一緒にいても、お互い本読んでたりすることもあるし。宗平がいないときはだいたいそうだった。

その宗平はいつまでたっても帰ってこない。どこにいるんだってメールを送ってみたけど、リターンはなかった。

「どうしたんだろうね」

「なにしてんでしょーね」

口に出した疑問をそのまま送ってみたら、ちょっとたってから「後で」ってだけ返ってきた。取り込み中、ってことかな。

大学のなかだし、どっかで女の子と話しててそれどころじゃないのかも。あいつ顔が異様に広いから、ちょっと歩けば知りあいに当たるし。キャンパス内だけならともかく、外に遊びに行っても必ずっていうほど知り合いに会うくらい。

「たぶんあれです、合コンの相談とかですよ」

「ああ、好きだもんねぇ」

そのわりに彼女が出来ないのは周知の事実。本人曰《いわ》く「いい人」や「楽しい人」で終わっちゃうらしい。

　まだ時間はあるけど、宗平探しがてら次の教室に行こうかな。

「先輩、それじゃまた来週」

「うん」

　週に一回だけ一緒にランチするっていうのも、おもしろい関係だなって思う。それ以外だと会うこともほとんどないし、連絡だってたまにしか取らないんだよね。

　廊下に出て、次の教室に向かって歩いてると、後ろからバタバタ足音が聞こえてきた。

「檜川くん……！」

　女の子の声だけど、聞き覚えはない。これって例のあれかな、って思いながら振り返ると、ちょっと思いつめた顔の背の低い女の子がいた。

　告白か！　なんて勘違いはしない。絶対いつものアレだよ。

「なんですか？」

　相手が同じ年か上かわかんないから、一応丁寧語使ってみる。わりと可愛いかも。小動物みたいな印象だ。

「あの、ちょっと聞いて欲しいことがあって」

「ええと、どんな……？」

「ここじゃ、ちょっと……」

普通だったら告白のシチュエーションなのになぁ、って思う。俺って宗平より女の子にモテないんだよ。どうしてモテないのか何人かに聞いてみたら、異性って感じがしないっていう絶望的な答えをもらっちゃって……。まとめてじゃなくてバラバラに十人近くに聞いてほぼ全員がそれって、もう泣いていいと思うんだ。そのくせ男からは告白されるし、付きまとわれるし……。信じてないけど、俺前世でなにかしたの？　ってときどき思うよ。

「でも俺、友達探さなきゃいけないし」

「お願い……！　檜川くんしか聞いてくれそうな人いなくて！」

目をうるうるさせて見上げられたら、断れないじゃん。いや、わかってる。これが間違いなんだってことは嫌ってほど！　でもちょっと抵抗してみる。

「大八木先輩って人、紹介しようか？　すぐそこの教室にまだいるし」

「あ……その人はあんまり……」

「いい人だよ？」

「でも、すごい否定されるって聞いて」

あー、まぁね。否定っていうか、論破《ろんぱ》しちゃうんだよね。あの人、自分はＵＦＯとか宇宙人の存在を否定しないくせに、ほかのことは科学的見解ってやつで片付けるから、過去にそれで何人か涙目になって逃げ帰って行ったんだよ。そのせいで俺んとこに全部来るんだけど！

「俺も肯定しないよ？」

「でも否定はしないし、変な目で見たりもしないって……」

どうやって断ろう。って思って顔上げたら、通りすがりの学生たちが何人もこっちを見てた。なんか視線が責めてるみたいに感じる。「告白かこのやろう」的な視線もあるし、俺のこと知ってるやつは「聞いてやれよ」的な感じ。

しょうがない。とりあえずはここから退避《たいひ》だ。

一瞬、今朝誠志郎さんから言われたことが頭を過《よ》ぎったけど、相手は女の子だし警戒することもないだろう。

「五分だけね」

「ありがとう！　えっと、じゃこっち」

ぱっと顔を上げた彼女はきらきらの笑顔で、そのまま俺をグループワーク用の小部屋に案内した。予約すれば使える場所なんだけど、二人きりで密室はヤバイ。いくら俺が女の子から対象外って思われてても！

会議用の大きな机と、椅子《いす》が六脚ある部屋に入って、向かいあって座る。ドアは開けたままね。女の子は渋ったけど、ここは譲れない。大声出さなきゃ廊下を通る人には聞こえない、ってことで納得してもらった。

「実は私……」

で始まったのは、やっぱりアッチ系だった。今回は予知能力だそうです。うん、このパターンも三人目だな。あ、違った。そのうち一人は未来から来たって主張する人だった。だから自分はこの先起きる大きな出来事はデータとして知ってる、とか言ってたっけ。たとえばどんな？　って聞いたら、それは言っちゃいけない決まりだとかなんとか言いやがって、ちょっとイラッとしたのを覚えてる。

で、目の前の彼女は予知夢を見るっていうやつらしい。それ、ただの夢じゃないの？　天災とかに常日頃から不安を抱えてたら夢くらい見るだろ。

っていうかさ、ほんとに予知とか出来るんなら、俺と誠志郎さんがこれからどうなるのか教えてよ。父さんが帰って来るまでこのままとか嫌だし。かといって自分からきっかけ作るのって、思ってたよりずっと難しいし。

あ、ぜんぜん話聞いてなかった。ごめん。まだ続く？

それにしても、なんで皆、俺ならって思うんだろうね。トラブルになりたくないから真っ向から否定はしないけど、代わりに肯定したことも同意したこともないのに。

あれか、ただ言いたいだけなのか？　聞いてくれれば誰でもいいのか？

彼女の話はあっちに飛んだりこっちに飛んだりして時間かかったけど、要約すると「近いうちに大災害が起きる」「みんなに警告をしたいけど、言ったら変な目で見られるかもしれない」「でも黙っていたら見殺しにするみたいで嫌」ということらしい。

「えっと……近いうちって、いつ頃？」

あ、つい質問しちゃった。もしかしてこれが悪いのかも……。思えば俺、普通に聞くとき相づち打つ癖あるし、基本的には「はぁ」とか「へぇ」だけど、たまにいまみたいに質問しちゃうことあるかも。そうか、これがいけないんだ。

「具体的にはわからないけど、そんなに先じゃないと思う」

「そうなんだ」

まぁ大地震とかも必ず来るって言われてるし、いつって限定しなきゃいつかは当たるよね。

俺は知ってる。時期を指定して予言したやつは、外れるといろいろ理屈付けて予言の先延ばしをしたり、大きな力が働いたから避けられたとか言うんだよ。

彼女はどうか知らないけどさ。

「……とりあえず、身近な人に準備しておこうって言っとけばいいんじゃないかなぁ。あー……俺も、心がまえはしとくし」

「は……はい」

なんだかすっきりしたような顔してるから、まぁいいか。

彼女は勢いよく立ち上がって、ぶんって音がしそうなほど頭を下げた。

「ありがとう！　あの、ここ三時まで使えるので、好きに使ってください！」

「え？」

言い終わった途端、彼女は部屋を飛び出して行った。なんなんだ。っていうか使わないよ。これから俺、授業だもん。空き時間だったら喜んで使うけどさ。とりあえず寝るとか。

やれやれ。ああもうギリギリになっちゃった。宗平から「どこにいんの。俺もう教室」ってメッセージが来ちゃったよ。さっきと逆じゃん。

俺も行こう。

スマホをしまおうとしてたら、バタンってドアが閉まる音がした。はっとして顔を上げて、思わず固まってしまった。

なんで戸部が！

すっかりあんたの存在忘れてたよ。最近ほとんど姿見せなかったし、俺のほうがそれどころじゃなかったし。

こっちを見て笑ってる顔が気持ち悪い。ここ鍵はかからないけど、ドア閉まってる時点で気持ち的に嫌だから！

急いで出て行こうと立ち上がるけど、ドアの前には戸部が立ちふさがってる。

大声出す？　いやでも、現段階ではなにもされてないんだし、男の俺がそんなことしたらみっともないし。

「……授業があるんでもう行かないと」

「ああ、そうなんだ」

どうぞ、って言わんばかりに身体をずらして、俺が出て行くスペースを作る。なんかそれが妙に嘘くさく見えた。

そうだ、窓から出よう。ここ一階だし、よしそうしよう。

窓までは二メートルくらい。じりじり行ったらバレそうだから、一気に駆けよって鍵開けて、窓も開けないと。

黙ったままだとあやしまれそうだから、なにか適当に会話を……。

「……さっきの子、あんたの仲間？」

「別に仲間じゃないよ。かなり思いつめてたから、君に相談すればどうかなってアドバイスしてやっただけ。人のいないところじゃないと変な噂が立つよ、とは言ったけど、まさかこんな部屋を借りるとは思わなかったな」

そういうことかよ。つまり利用されたんだな、あの子。でも少しほっとした。知りあいでもなんでもない子でも、騙されたと思うとやっぱりショックじゃん。冷静に考えれば、裏で戸部が操《あやつ》ってたってわかった時点で、この状況がいかにヤバいかを悟るべきだったんだけど。

「それで見張ってたのか」

「まぁね」

話しながら頭のなかでカウントして、会話が切れたタイミングで自分にゴーサイン。窓に駆けよって鍵を開け……うわわわ、レバーハンドル横のポチッとしたやつ解除すんの忘れた！

「空気の入れ換え？」

ふっ、て息が耳の後ろにかかって、ぞわっとした。

「ちょっ……」

こいつ、いつの間に！　意外な素早さにびっくりする。

それからすぐ、窓に押しつけられるみたいにして背中からのしかかられた。

ガシャンと音がして、手首に冷たい感触がして……これっ、手錠っ!?

なんだかよくわからないうちに両方ともはめられてしまった。後ろ手ってところが、さらにヤバい。

誠志郎さん、ごめんなさい。ちゃんと言いつけ守れなくて……。

「これはオモチャだよ。でも結構ちゃんと出来てるよね」

「冗談やめろよっ」

「本気だよ。もう待たないことにしたんだ。変な虫がまた一匹増えちゃったしさ」

「うわっ……！」

腕を引っ張られてバランスを崩して、そのまま床に倒された。床がリノリウムだからそんなに痛くなかったけど、ちょっと膝をぶつけた。

さすがにマズい。みっともないとか言ってる場合じゃない。

すっと息を吸い込もうとした口に、ぺたっとテープが貼り付けられる。突然のことに目を見開いてしまった。いや、さっきから突然のことの連続なんだけど。

思い切り声出してみたけど、思ったほど響かない。これじゃ廊下を誰かが通りかかっても、きっと気付いてくれない。

「大丈夫。きっと思い出すよ」

なに言ってんだ、やめろバカ！　離せっ！

うーうー唸ってるだけでも、俺が嫌がってることはわかるはず。地味に下敷きになった手が痛い。戸部が馬乗りになってるから余計に痛いんだよ！

「ごめんね。俺のこと思い出してくれるまで我慢して」

やってることと口調が一致してないにもほどがある。ふざけんなよ！　思い出す以前に、そんな事実がないっての。

本気でヤバいんじゃないの、こいつ。

いままで心のどこかで、ネタなんだって思ってた部分があったんだ。どうせストーカー行為を正当化するための理由付けだろって。

でも戸部はたぶん本気で俺が運命の相手だと思い込んでる。だから罪悪感なんてきっとこれっぽっちもない。だってこいつにとっては正しいことなんだから。

パーカーのファスナーを下ろされて、なかのカットソーが捲《まく》り上げられた。

別に腹とか胸とか見られたって、男なんだからどうってことない。けど見てるのが戸部だって思うと、嫌で嫌でしょうがなかった。

「やっとだ。やっと君が手に入る……」

じたばた暴れても、思ったほどの抵抗にならなかった。

怯《おび》えたとこなんて見せたくないから、戸部を思いきり睨み付ける。

傷ついたみたいな顔するな！　強姦しようとしてるくせに、なに被害者ぶってんだよ。

胸を触られて、ひっと喉の奥から悲鳴が漏《も》れた。テープで邪魔されて、誰かに聞こえるような声にはならなかったけど。

やだ、やだよ助けて誠志郎さん！　なんでいないんだよ。俺のボディガードじゃん。なんで肝心《かんじん》なときにいてくれないんだよ！

こんなとき、颯爽《さっそう》と現れて助けてくれるのが俺の――。

コンコン、ってノックの音がした。俺も戸部も、はっとしてドアのほうを見た。

磨《す》りガラス越しに見えるのは背の高いシルエット。開いたドアから現れたのは……。

え？　なんで？　誠志郎さん、じゃない……。

部屋に入って来たのは北里さんだった。見たことがないほど険しい顔で戸部を睨み付け、それから俺を見て目元の表情を柔《やわ》らかくした。

「お……まえ……っ……」

戸部はものすごい形相《ぎょうそう》になってる。北里さんを睨み殺しそうな感じ。でも北里さんは全然怯《ひる》んだりしなかった。

「いますぐ檜川くんの上からどいて。それとも警察に突き出されたい？」

北里さんはスマホをかまえて俺たちに向けてる。証拠写真ってことなんだろう。

「邪魔するな！」

「するに決まってるでしょう。それ、合意じゃないんだろ？　だったら犯罪だよ」

「違う！　俺たちは恋人同士だ……！」

「君の妄想では、だろ？　檜川くんから聞いてるよ。ストーカーされて困ってるって」

「嘘だ！　蒼葉がそんなこと言うはずない！」

戸部はまったく聞く耳を持たない。たぶん動画を撮《と》られてるんだろうけど、気にしてるようには見えなかった。

「おまえが蒼葉に近付いたりするからだ！　あの男も俺と蒼葉の邪魔ばかりするじゃないか……っ」

「あの男っていうのは、神田くんのことかな？　当然だろ？　彼は檜川くんのお父さんに頼まれてボディガードをしてるんだから」

「だから蒼葉とお父さんの目を覚ましてやろうと思って……！」

「困ったなぁ、会話にならない。うーん……もしかして、神田くんが失態を犯せば、彼が外されるとでも思った？　それでレイプしようと？」

「思い出させてあげるんだ……！」

いや本当に意味不明なんだけど。北里さんも困惑っていうか、気味の悪いものを見るような目になってる。

「……とにかく、そこをどきなさい。でないといますぐ通報するよ？　おとなしくどいてくれたら、後のことは檜川くん次第だけど」

戸部は仕方なさそうに俺の上からどいた。たぶん俺が訴えないって、高をくくってるんだろうな。実際、出来ればおおっぴらにしたくないとは思ってる。だって男が男にレイプされかけたなんて、知られたくないし。

「離れて。机の向こう側に移動するんだ」

戸部は一応おとなしく従ってる。ただし不本意、って顔に書いてあるけど。

北里さんが近寄ってきて、俺の口からテープを取ってくれた。それで初めて手錠に気付いて目を瞠《みは》った。いや俺だって自分が手錠はめられる日が来るなんて想像もしてなかったです。

「鍵は？　隠してもためにならないよ。それに、すり切れてケガしてる。檜川くんをこのままにしておくつもりかい？」

「ケガ……？」

「そんな想像も出来なかったのか？　妄想だけは立派なくせに、想像力はないんだね」

「うるさいっ！　俺は妄想なんてしてしてない！」

腹立たしげに怒鳴って、戸部は小さな鍵を持って近付いて来ようとした。でも北里さんに止められて、小さく舌打ちをしてから机に鍵を置いた。

それを使って俺の拘束はやっと解かれた。

手首がヒリヒリする。すり切れて血が滲《にじ》んでるのを見たら、ますます痛くなった気がした。

「檜川くん、職員を呼ぶ？」

「とりあえず、この部屋から出たいです」

ここではこの問題にこれ以上言及《げんきゅう》しないことにした。訴えない、なんて俺が言ったら、また戸部が変な勘違いしそうなんだもん。自分のためを思って、とか、いかにも思いそう。

「行こう」

「はい」

北里さんに促されて部屋を出て行こうとすると、戸部から制止の言葉がかかった。まぁ予想通りだった。

「蒼葉をどこへ連れて行くつもりだ」

「君のいないところ」

「蒼葉におかしなことするつもりじゃないだろうな」

「君に言われたくないなぁ……」

北里さんが苦いものを嚙《か》みつぶしたような顔になっちゃったのは仕方ない。人に手錠かけて強姦しようとしたやつが言うな、って思うよね。その棚《たな》上げ根性がすごいよ。

それと、勝手に名前呼びすんのやめろ。

ふう、と溜め息をついた後、北里さんは俺を見た。

「とにかく出よう。外に出れば、下手なことはしないはずだから。証拠写真もあるし」

「……はい」

自然と肩の力が抜けるくらいにはほっとした。安堵《あんど》感みたいなものは確かにあった。けど、どうしてここにいるのが誠志郎さんじゃないんだろうっていう気持ちもあった。

助けてくれた北里さんには感謝してるのに。それは本当なのに。

「待て、蒼葉をっ……」

なにか言いかけた戸部だったけど、北里さんがドアを開けたら途端に黙った。騒ぎになるのは嫌みたいだ。

一緒に廊下へ出て、ほっと息をついた。

北里さんが談話スペースまで連れて行ってくれて、俺がぼんやり椅子に座ってるあいだに飲みものを買って渡してくれた。炭酸系だ。

ここなら人もいるし、もし戸部が追って来たってなにも出来ない。

「顔色が悪いよ。手当てもしないと……医務室へ行く？」

「いえ……帰ります」

さすがに授業受ける気分じゃなくなった。家に帰って、ゆっくりしたい。

「それにしても……彼には困ったね。あれ、本気なんだよね？」

「らしいです」

「ようするにあれは、襲っちゃえばなんとかなる、っていう考えなんだよね？　運命の恋人なんだから、そうすれば思い出してもらえるはず……みたいな」

理解出来ないけどそういうことらしい。ついでに誠志郎さんへの信頼も崩したかった、みたいな。姑息《こそく》だ。考えが浅いんだか複雑なんだかわからない。あ、両方なのか。浅いけど、常人には理解出来ない方向でねじ曲がってるんだ。

「あ、そうだ。スマホ貸してくれる？　というか、君のボディガードに連絡して」

「え？」

「いや、送って行こうと思って。一応許可取らなきゃ」

北里さんはいつもと同じように笑いながら、茶目っ気たっぷりにウィンクした。俺の気持ちを楽にさせようとして、たぶん故意にやってるんだろうなぁ。

送ってもらうなんて悪いかなと思ったけど、ちょっと弱ってるのは確かだから素直に頷いた。

スマホを出したら、宗平からのメッセージと着信履歴が入ってた。すごく心配してるから、急に気分が悪くなったから帰る、とだけメールで返した。

それから誠志郎さんの番号を呼び出すと、横からさっと手が伸びてきて電話を取られた。

「……突然すみません。北里です。実はちょっとトラブルがあって、これから檜川くんを自宅まで送って行くから。一応言っておきます。では」

留守録になっちゃったらしい。俺の番号が表示されたのに出ないってことは、もしかして運転中なのかな。

返されたスマホをバッグにしまって、半分くらい飲んだペットボトルに蓋《ふた》をする。

北里さんに連れられて行ったのは大学の駐車場だった。学生は自分の車で通学しちゃいけないことになってるけど、北里さんは職員だからＯＫなのか。

「どうぞ」

「あの、いまさらだけど大丈夫なんですか？」

「家、近いんでしょ？　ぱぱっと行って戻れば大丈夫だよ」

だったら平気か。仕事サボらせちゃうのはマズいなって心配だったんだ。

北里さんの車の助手席に乗り込んで、シートベルトをする。当然だけど座り心地が違う。北里さんのもいい車みたいで、いろいろ高級感が漂ってた。

前からそうじゃないかと思ってたけど、お坊《ぼっ》ちゃまだよね。いや、俺も人のこと言えないけどさ。

「えーと……どっちに進めばいいのかな。あ、ナビに住所入れてくれればいいか」

「あ、ええと……はい」

俺が道案内しようかと思ったけど、ナビでいいかなって思い直す。なんか眠くなってきちゃったし、覚えたばかりのマンションの住所を入力した。

ナビさん、到着まで五分って出した。

「どうしたの？」

「え？」

「レスポンス遅いけど、眠いの？」

「……そうみたいです」

イマイチ気がつかなかったけど反応が鈍かったらしい。心配そうな顔されちゃったから、とりあえず安心したせいかも、って言っておいた。

たぶん隣にいるのが誠志郎さんだったら爆睡《ばくすい》してるはず。

あれ、でも本気で眠い。っていうか意識持って行かれそう。

車が動き出したのを感じて、ふと隣の北里さんを見たら、横顔がすごく楽しそうだった。なんだろう、違和感が……。

でもそれ以上はなにも考えられなかった。


カチャカチャ、って音がどこか遠くから聞こえる。金属っぽい音だ。

意識がゆっくり上がってきて、だけどかなりぼんやりしてて、目を開けようと思うのに開けられない。なんでこんなにまぶたが重いんだろう。

ひやっとしたものが頬に当てられて、それがきっかけみたいに少しだけ目を開けられた。

手だった。冷たい手が俺の顔を触ってる。

「目が覚めた？」

誰の声だっけ。誠志郎さんじゃない男の人の声。

ああ、これ北里さんだ。そうだ、俺送ってもらって、それで——。

「んっ……」

首を撫でられて、くすぐったいような、ちょっと違うような、よくわからない感じがした。そのまま胸まで撫でられて、びくっと身体が震えた。

「敏感だね。嬉しいよ」

「き……た、ざと……さん……」

舌がもつれて上手くしゃべれない。それでも目は完全に開けられて、俺を見下ろしてる北里さんがはっきり見えた。

北里さんは笑ってた。楽しそうな、なのにどこかぞっとするような笑みだった。

怖い。それにここどこだ？

北里さんから距離を取ろうとしたのに、思ったように身体が動かなかった。不自然なほど身体に力が入らない。

なんだよ、これ。俺どうなって……。

「ダメだよ。逃がさない」

「な……に……」

「やっとつかまえたんだから。何年越しだろうねぇ……」

この人はなにを言ってるんだろう。北里さんが全然知らない人に見える。たぶんそんな気持ちが顔に出てたらしくて、可哀想《かわいそう》なものを見るような目をされた。

「僕が塾を辞めた理由、知ってる？　まぁ知らないか。知ってたら、のこのこ僕に近付いたりしないよね」

しゃべりながら、北里さんはあやしげなチューブから出したクリームを俺の乳首に塗る。冷たくて、またびくっとしてしまった。

「舐《な》めても大丈夫なやつなんだよ。後でいっぱい、可愛がってあげるね」

「やっ……」

もう片方も同じようにされて、たぶん俺はもう涙目だ。また視界がぼやけてくる。

怖かった。されてることもだけど、北里さんが怖い。戸部のときは嫌悪感のほうが強かったけど、いまは恐怖のほうが強い。

「なんだっけ……そうそう、辞めた理由ね。あのときね、ほかの生徒との関係がバレちゃってさ。高一の子だったんだけど、セックスしてるの向こうが親バレしちゃって、もう大変。おかげで塾は辞めさせられるし、うちの親には海外行けって追い出されるし……ようやく夏に戻って来られたんだよ」

知らなかった。そんな理由があったなんて……さすがにそこまでは父さんたちも知らなかったはずだ。たぶんとっくに関係なくなってたから、調べなかったんだろう。

「君がもう少し大人になったら食べちゃおうと思ってたんだけどね」

「お……俺と会ったの、って……偶然じゃ……」

「半分は偶然、かなぁ。君のいる大学に行くことになったのは偶然だけど、君の噂を聞いて会えそうな場所に行ったのは故意、って感じ。会ったらいい具合に育ってたから、絶対に手に入れようって決めたんだ」

話してる内容を無視したら、爽やかで優しげで、本当にいつもの北里さんだった。だからこそ、怖くなった。

「帰る……っ」

「無理だよ。自分の格好、ちゃんと見たら？」

「う、そ……」

言われて初めて自分の身体を見て、すでに真っ裸だったことに気がついた。しかも左の足首に枷《かせ》が付いてる。金属の、鎖《くさり》でどっかに繋《つな》がってるやつが。

さぁーっと血の気が引くのがわかった。

わかった、いまわかった。この人も相当ヤバい人だ。変な妄想をしないだけで、モラルとか性癖《せいへき》とかいろいろヤバい人なんだ。だって男を誘拐《ゆうかい》して監禁なんて……。

この先の流れは、なんとなくもうわかってしまった。

誠志郎さんが正しかったんだ。きっと北里さんのこういう部分を感じ取って、それであんな反応したんだ。なのに俺は、誠志郎さんの言うことに反論して、反発して——。

「震えてるの？　可愛いなぁ」

思わず身を縮めて北里さんから離れようとしたけど、押さえつけられてどうにもならなかった。そもそもまだ身体が上手く動かないんだ。力が全然入らない。

そんな俺の身体は、ちょっと変なことになってた。さっき塗られたやつのせいか、乳首のとこがじくじくっていうか、熱持ってるっていうか、とにかくおかしい。

俺、知識はあるんだ。男同士がどこでどうするか、どこが弱いか、どんなふうになっちゃうのか、知りたくもないのに父さんが話してくれたから。父さんは抱く立場として言ってたわけだから、あれはたぶん一種の自慢だったんだろうけど。

ああもう恥ずかしいとかみっともないとか言ってる場合じゃない。戸部のときよりも状況的にはマズいんだから。

「こ……こんなことしたって、北里さんのこと好きになったりしない！」

「だろうね。あの妄想男じゃないから、そんなこと思ってないよ」

あっけらかんとしてた。つまり北里さんは別に俺の気持ちとか心なんてどうでもいいんだ。やりたいだけ？　どっちにしても最悪だ。

「そ……それに、俺が戻らなかったら、大騒ぎになるよ。ずっと監禁なんて出来るはずない……っ」

「うん、ずっとは無理だね。大丈夫、明日には帰してあげる。そういうふうに、さっき神田にメール打っておいたから。ついでに充電が切れそう、っていうのもね」

もちろんすでに電源は落としてしまったらしい。でもきっと誠志郎さんは納得しない。そんな気がした。

「それでも誠志郎さんは俺を探すと思う。そしたら電話した北里さんが真っ先に疑われるよ」

「あはは。あれね、実は電話なんてしてなかったんだよ。振りだけ。だから神田は、君が僕と一緒に帰ったなんて知らない」

「そんな……」

「さて、おしゃべりはもういいかな。ああでも、君は可愛い声で啼《な》いてね。ちゃんと記録にも残してあげるから」

視線に促されてそっちを見て凍り付いた。すでに録画状態になってるビデオカメラがこっちを向いてた。

「後で編集して、君がノリノリのところだけディスクに焼いてあげるよ。誰が見ても合意のセックスで、君が喜んでるとしか見えないようにしてね」

「ひっ……」

カメラに気を取られてた隙《すき》に、北里さんの……北里の指が尻のあいだを触ってきた。たっぷり塗りつけられたのはさっきと同じクリームだった。

ああもう本格的にマズい。このままやられて、ビデオに撮られて脅《おど》されて、これからもずっと北里の言うこと聞かなきゃいけないのかな。

どんな顔して誠志郎さんに会えばいいんだろう。

「い、やっ……」

「怯えた顔も可愛いね。もっと虐《いじ》めたくなる」

「やめろよ！　抜け、ってば……ぁ……」

入り込んだ指が気持ち悪くてしょうがない。ぐちゅぐちゅ、って耳を塞《ふさ》ぎたくなるような音をさせて、クリームを塗り込めるように俺のなかで動いてる。

じわじわとそこが熱くなってきた。視界はもう完全に霞《かす》んじゃって、北里の顔も見えなくなってた。いま目を閉じたら絶対涙がこぼれるから、意地でもそうするもんかって、天井を睨み付けるみたいにして瞬《まばた》きもしなかった。

そうしてるあいだにも、変なクリームの成分は俺の身体に染み込んでいったけど。

「っ……！」

ピロロロッて、いきなり着信音がして空気が止まった。

ふたたび空気を動かしたのは北里の舌打ちだった。無視するかと思ったのに、俺から指を引き出した後、手のひらで俺の口を塞いでから電話に出た。

「はい。なんですか」

投げやりにも感じる淡々とした声が聞こえてくる。本性を知る前だったら驚いたかもしれないくらい、愛想がなかった。北里の外面とは大違いだ。

「は？　どういうことですか？　部下？　誰ですか、それ。どうしてうちに来て……いや、でも……ええ、それはわかってます」

なんだか難題を押しつけられてるって雰囲気だ。でも相手が誠志郎さんじゃないことは間違いない。だってそもそも誠志郎さんだったら北里が出るはずがないんだ。仕方なさそうにしながらも出たのは、着信音で相手がわかるようになっていたからだろう。

そう考えてると、インターホンが鳴った。うちに来てるって、誰かが来てるってことか。でも電話の相手とは違うみたいだ。部下とか言ってたし。

「それはいくらお父さんでも……はい……わかってますよ、それは。だからってどうして見ず知らずの人に会わなきゃいけないんですか」

お父さん、ってことは父親だよね？　そっか、自分の父親に対してそういう話し方するんだ。

なんとか足枷が外せないかなと思いながらもがいてみるけど、相変わらず全然力が入らない。口を押さえてる北里の手も外せないくらいで、もどかしくてたまらなかった。

「……わかりました」

電話を切った北里はもう一回舌打ちして、俺の手を縛ってベッドの格子《こうし》にくりつけると、タオルで俺の口を塞いで部屋を出て行った。

部屋は狭くてだいたい四畳くらいしかなくて、窓もない。たぶん物置みたいに使う部屋なんだと思う。監禁にはうってつけってことか。

一人残された部屋で脱出方法を考えた結果、いまここで来客に俺の存在をアピールしなきゃおしまいだと思った。でも叫ぶのは無理だし、手も縛られちゃったし……ああ、本当にどうしよう。

こんなことになって、あらためて誠志郎さんのことを信じなかったのを後悔した。あのとき俺が誠志郎さんの言葉を素直に受け止められなかったのは、北里との仲を疑われたのがショックだったからで、だからあんなに意固地《いこじ》になっちゃって……あれ、なんか涙出てきた……。

ん？　なんか騒がしくない？

怒鳴り声がするし、ガシャンてなにか割れるような音が……。

「蒼葉！」

壊れそうなほど勢いよく開いたドアから、誠志郎さんが入って来た。

幻覚？　違う……本物だ。真っ先に俺の口からタオルを外して、次に手も解いてくれた。

「誠志郎さん……っ」

今度こそ誠志郎さんだ。誠志郎さんが助けに来てくれた！

思い切り抱きつきたいのに、出来ない。抱き起こしてもらって、ようやく指先でちょこっと服にしがみつけた。

「大丈夫か？」

「……一応、未遂《みすい》……未遂でいいのかな？　指入れられた……」

「あのクソ野郎が」

え……いや、あれ？　そんなこと言う人だったっけ？　あ、そう言えばまえに、いつもの自分は素じゃないって言ってたような……それって口調も含めて？

誠志郎さんは荒々しい舌打ちをすると、俺にシーツをかけていったん部屋を出て行って、鍵を持って戻って来た。足枷の鍵だ。

今度は暴れてないから、傷も出来てない。そう言えば手錠で出来た傷のこと忘れてた。同じとこまた縛られて、ちょっとまた痛くなってる。

誠志郎さんが服を着せてくれて、ちょっと恥ずかしかった。

真っ裸見られちゃったし。なんだろう、ただ恥ずかしいんだけど。北里のときは怖くてそれどころじゃなかったもんな。

「章之《あきゆき》さんっ！」

知らない男の人の、すごく切羽《せっぱ》詰まった声がしたかと思ったら、北里がものすごい形相で部屋に飛び込んできた。

そうしてそのまま、誠志郎さんに突進した。

殴りかかろうとしてる！

危ないって叫ぼうとしたときには、北里は腕をつかまれて、そのままぐるんと床に転がされてた。

なに、なにが起きた……？　誠志郎さん、なにしたの？　そんな力入れてなかったように見えたんだけど、実は怪力の持ち主だったりすんの？

北里も呆然《ほうぜん》としてる。なにが起きたかわかってない顔だ。

「手応《てごた》えがねぇな」

「おま、え……」

慌てたように知らない男の人が二人駆け込んできて、誠志郎さんに頭を下げた。それから呆然としてる北里を連れて出て行った。

「……誰……？」

「北里の父親の部下だ」

「は？」

そう言えば、電話でそんなこと話してたっけ。

状況がよくわからない。どうして部下さんたちと誠志郎さんが一緒に？

「少し前から、北里の周辺を洗ってた。その流れで父親と話す機会を得て、ついさっき留学の真の理由を聞いたばかりだったんだ」

「そうなんだ……」

「知ってるのか？」

「さっき聞かされたとこ」

まだ混乱してるけど、ちゃんといろいろ理解はしてる。俺が慕ってた人は、俺が思ってたような人じゃなかったってことも。

「そうか……。とりあえず帰るぞ。歩けそうか？」

「無理です……」

自分で身体も起こせないのに歩くなんて絶対無理だ。というか、これ絶対一服《いっぷく》盛られてるよね。談話スペースでもらったやつに入れられちゃったのかな。あのとき俺、ぼんやりして下向いてたから、まったくわかんなかった。副作用とか、ひどくないといいなぁ……。

「盛られたのか？」

「うん」

「ちょっと待ってろ」

誠志郎さんは俺をベッドに寝かせてまた部屋を出て行って、わりとすぐに戻って来た。たぶん北里に薬のこと聞きに行ったんだと思う。

どうやらそう長くは作用しないし、副作用もいま頭痛とか吐き気がなければ大丈夫、とされてるらしい。よかった。

「暴れるなよ」

「わっ……」

ひょいっと抱き上げられて、思わず胸にしがみついた。

これってお姫様だっこ！　待って待って、超恥ずかしいんだけど！　確かに歩けないけど、肩貸してくれればいいじゃん。おんぶもあるじゃん！

だいたいなんでこんなに軽々と？　そりゃ俺は瘦《や》せてるほうだし、背が高いってほうでもないけど、男だよ？

「お……下ろして」

「急いでる」

「じゃ、じゃあおんぶ……」

「……」

無視か！

結局そのまま超恥ずかしい格好で車まで行くはめになった。人んちのマンションの廊下とかエレベーターとか闊歩《かっぽ》して。

あ、ビデオカメラはしっかり回収してたよ。

運がいいことに誰にも会わずにすんだ。マンションの地下にある駐車場まで来たときはほっと息を漏らしちゃったよ。ここのマンション、住人が車持ってない人多くて空きがあるんだってさ。それで誠志郎さんも車停めたらしい。

で、北里のマンションからうちまでは三十分くらいかかった。そのあいだに、俺は昼休みの終わりあたりからさっきまでのことを話していった。

誠志郎さんからの説明によると、宗平が戻れなかったのは、戸部の知りあいだとかいう、例の傾城くんが絡んで足止めしてたからなんだって。で、俺が帰るってメッセージ送ったことはすぐ誠志郎さんに伝わった。宗平とは別口で、俺が北里と一緒に帰ったのを目撃した誠志郎さんの知りあいが、連絡したらしい。知りあいって、それ手下とか言われてる人たちのことだよね？

「戸部のことは、こっちで始末をつける」

「始末って……」

「ここまで深刻だと、専門家に任せる必要があるだろ？」

「ああ……」

物騒《ぶっそう》なことに警察沙汰《ざた》にもならないらしくて、ちょっと安心した。ストーカー対策の専門家とか、そういうことだろう。

「北里は？」

「やつの父親に任せる。そういう約束だからな」

なんでも北里の父親は息子の悪癖《あくへき》に相当頭を痛めてるらしい。同性愛者なのはともかく、対象が常に未成年者なことと、相手の気持ちを無視して性行為に及ぶのを問題視してるとのことだ。留学の原因になった生徒との関係って、無理矢理だったのか。北里の言い方だと、合意の上みたいだったのに。

「二度目だからな。今回は海外に追いやるだけじゃすまさないと言っていた。具体的にどうするかは知らないが……大学は辞めさせると言ってたな」

父親としても息子を犯罪者にはしたくないんだろうな。誠志郎さん曰く、慰謝料はいらないから息子の首に縄《なわ》を付けろ、みたいなことを言ったらしい。

「……北里のこと調べてて、ずっと大学来てなかったの？」

「ああ」

「ごめん。俺が間違ってた。あと、その後もいろいろ……」

非常事態のおかげで普通に話せてるのがせめてもの救いだよ。きっかけを作る必要もなくなったというか。

誠志郎さんはふっと笑って、信号待ちのあいだに頭を撫でてくれた。

そのとき指が耳に当たって、びくんとしちゃったのは超恥ずかしかった。ヤバい、これって、薬を塗られてないとこにも効いてきたってこと？

車に乗ってるあいだに、なんとか立てるくらいには回復した。でも一人で歩くのは厳しいってことで、誠志郎さんに支えられながら部屋に戻る。

身体が密着してるの、ヤバい。

おかしいぞ、俺。なんか無性《むしょう》に誠志郎さんに抱きつきたい。あと、触りたい。

玄関に入って靴《くつ》を脱いだ途端にまた抱き上げられて、今度は俺からも抱きついた。ヤバい、ドキドキする。嬉しい。離れたくない。

これってなに、好きってこと？　それとも吊り橋効果ってやつ？　ただ欲情してるだけ!?

わかんないよ。でも吊り橋はない気がする。だって北里に助けられたときはこんな気持ちにならなかった。安心したし感謝もしたけど、なんで誠志郎さんじゃないのって思ったくらいだし。それにただ欲情したってのも、ないはず。

だって誠志郎さんじゃなきゃ嫌だもん。誠志郎さんだったら、北里にされたことも大丈夫、っていうか、きっと嬉しいし、続きして欲しいって思うし。

俺をソファに下ろしてすぐ誠志郎さんは離れようとしたけど、俺は抱きついた腕をそのままにして、むしろ自分から身体を寄せた。押しつけるみたいになって、誠志郎さんが戸惑ってるのがわかった。

迷惑だろうなって思う。けど、このまま黙ってるのは無理だって思った。

だってこれもう絶対あれだ。そう考えれば、これまでのこと全部納得できる。

よし、言おう。

「あの、俺たぶん誠志郎さんのことが……っ、ん……！」

なんでっ？　なんで俺、手で口覆われちゃったの？

もごもご文句を言っても大きな手は外れない。ちょっとどういうこと。人がせっかく告白しようとしたのに！

ジト目で見ると、誠志郎さんはものすごく優しい顔で笑った。

「待て。俺が先だろ」

「え？」

「好きだ」

耳元でそう言われるのと同時に手を外された。ざわざわって、鳥肌が立つのと似たような感じがしたけど、嫌だからじゃないってのはわかってる。なんか胸のあたりとか尻のあたりとか、疼《うず》くのがひどくなった！

「気付いてなかったんだな」

好き？　ほんとに？　でも最初に会ってからずっと、誠志郎さんの態度って同じだよ。このへんで変わった、ってポイントが見つからないよ。

「い……いつから……？」

「最初から」

「さ、最初？」

「厳密に言うと、実際に会う前からだな。社長に言われて調査してるときに、ときどき遠日に見かけて、可愛いな、とは思ってたんだ。あとは社長がなにかと蒼葉の話をするから、あのときも初対面って感じがしなかった」

「そうなんだ……」

ってていうか父さんにびっくりだ。もしかして、誠志郎さん以外にも俺の話とかしてるんじゃないだろうか。マジで恥ずかしい。

「まぁ、つまり片思いってやつだな。一緒に暮らし始めて、なにからなにまで俺好みってわかって、正直参った。何度襲っちまうかと思ったことか」

「マジで？　全然そんなふうに見えなかったけど。超クールだったけど……！」

「振りだ、振り。完璧だったろ？」

「うん」

思い返してみたって全然そんな感じじゃなかった。演技が完璧なのか、俺の目が節穴《ふしあな》なのかはわかんないけどね！　両方かも。

「実際は悶々としてたけどな。可愛い寝顔見せつけられて、理性ブチ切れそうだった」

「そうなんだ？」

普通に優しげって思ってたけど、違ったみたいです。男は狼《おおかみ》だ、って言ってた父さんに納得した。あれおかしいな、俺も男なんだけど。

男同士っていう抵抗感はないよ。昔から男にばっか言い寄られてて、それは嫌だったけど、相手が男だから嫌だったわけじゃなくて一方的に言い寄ってきたり襲ってきたりするのが嫌だっただけなんだ。もし相手が女でも一緒だった。だいたい父さんがああなんだしさ。

「というわけで、一生面倒見てやるから、うんて言え」

「うっ……それ、耳元で言うの反則！　それにプロポーズみたいじゃん」

「みたいじゃなくて、プロポーズだ」

マジで？　いや、あの男同士ですけど。あ、養子縁組とかあるんだっけ。それになんか最近は行政のほうも対応が柔軟《じゅうなん》になってるとかなんとか父さんが言ってたような。

父さん、許してくれるかな。自分がゲイなんだから、そういう意味での反対はしないよね？　それとも息子はダメとか、言うのかな？　あるいは誠志郎さんが公私混同したことを怒るとか？

俺の世話してることは仕事じゃないから、そこはいいのかな。

ああもう、いま考えたって仕方ない。まずは俺の気持ちだよね。もちろん、決まってる。

「俺も好き……だと思います……」

「なんだ、はっきりしねぇな。さっき告白しようとしてたんじゃないのか？」

「いや、ついさっき自覚したとこだから。あの、でもたぶん間違いない」

大丈夫、身体が暴走してるわけじゃない。だって心だってちゃんと付いて行ってる。好きって言われてすぐにしちゃうのはどうかって俺も思うけど、もう結構つらいんだ。

目だってたぶん潤《うる》んでる。だから誠志郎さんはさっきから少し困ったような顔してるんだと思うよ。

「あの、あのさ……実はさっき、北里に変な薬塗られたとこが……」

「風呂に入るぞ」

即答だった。まさに間髪容《かんはつい》れず、ってやつ。

「ちょっ、ちょっと待って！　出来れば、その……このまま、してくださいっ」

ぎゅうっと、いま出せる最大の力で抱きついてみる。風呂で洗ったらどうにかなる問題じゃないと思うんだ。だってたぶんもう吸収されちゃってる感じがするもん。それに気持ち的に、いますぐされたい。

「な……舐めても大丈夫だって言ってたし……」

我ながら大胆。でも欲しいって気持ちが止められないんだよ。したいんじゃなくて、されたいって思っちゃったんだ。

男なのに、っていうのはもう考えないことにした。誠志郎さんが相手だからなのか、ずっと襲われてきてたからそういうもんだって自然に思っちゃったのかは知らない。

でもいいんだ。誠志郎さんにして欲しい。

溜め息降ってきたけど……。

「だからって、いきなりすぎるだろ」

「いいから！」

「つけ込むみたいじゃねぇか」

「だからいいんだってば。あの、き……気持ちよく、して？」

必死に見つめて懇願《こんがん》したら、ぷつん、って音がどこからか聞こえた気がして、誠志郎さんが俺をソファに押し倒した。

頑張ったよ。俺、超頑張って誘ってみた。

「知らねぇぞ。煽《あお》ったのはおまえだからな」

「う、うん……」

ぽいぽいっと服を剝《は》ぎ取られて、明るいリビングのソファで真っ裸にされる。びっくりするほど手《て》際《ぎわ》がよかった。

　慣れてるのかなぁ。ちょっとだけ嫌な気分。誠志郎さんが初めてのはずはないけど、それはわかってるけど、やっぱりモヤモヤするよ。

「……なんだ？」

「慣れてるな、って思って……」

「人並みだ。恋人を抱くのは初めてだけどな」

「そうなの？」

「夜のバイトしてりゃ、自然とな」

　それって十六やそこらの話じゃなかった？　いや、いまどきだから特別早いってわけでもないんだろうけど……その状況だと相手は年上のお姉さんとかばっかだよね？　うん、まぁらしいと言えばらしいのかも。

　モヤモヤ感はまだあるけど、恋人って言われて、単純な俺は結構あっさり浮上した。そしたら今度は身体を見られてるのが恥ずかしくなってきた。

　さっきも真っ裸は見られたけど、さっき以上に恥ずかしいのは気持ちの問題かな。でも誠志郎さんが欲しいって気持ちのほうが強い。

「きれいだな」

「そ……そんなこと……ぁっ……」

ちゅうっと胸に吸い付かれて、小さい声が出る。薬のせいなのかどうか知らないけど、軽く吸われて舐められただけで、じわんって感じの気持ちよさが……。

なんか顔見られてる気がする。誠志郎さんは超余裕で、俺の反応を見てるっぽい。

れろれろって乳首を舌先で転がされて、とんでもない声が出た。

「あぁん」

びっくりだよ、なんだこれ。俺の声じゃないって思いたいけど、間違いなく俺のだ。やっぱり身体はちょっと暴走気味らしい。

気持ちよくて、またちゅうっと吸われて仰《の》け反りそうになった。何度もそこを吸われて、歯で挟《はさ》んだり舌で転がしたりされて、声は止まらなくなる。

女の子みたいに喘《あえ》ぐなんて、って思ったけど、そのへんは簡単に俺のコントロールから外れてしまった。

胸とか腹とか触られるたびに、腰の奥が疼いて仕方ない。むずむずして、なんかそこぐちゃぐちゃにして欲しくなる。

でも言えない。だってそんなこと言ったら淫乱《いんらん》みたいじゃん。

違うし。俺そんなんじゃないから！

「あっ、ぁ……ん！　や……あっ」

相変わらず乳首を弄りながら、長い指先が俺のアレに触った。

ヤバい、気持ちいい。どうしよう、溶けちゃいそう……でも、すごく気持ちいいんだけど、違うんだよ。一番触って欲しいの、そこじゃない。

あんあん喘ぎながら、必死でソファに爪を立てた。そうしないと自分で後ろを弄っちゃいそうなほど身体がヤバいんだ。

「や……っ、そこ……じゃ、なくてっ……」

「うん？」

あーこれ絶対わかってる。わかっててとぼけてる！　Sじゃん、絶対Sだよこの人！　優しいのにこういうときは優しくないんだ……！

完全に涙目になりながら、誠志郎さんを見つめた。視線で察して、って思ったのに、いつまでもそのまんまだった。

手も口も止まってる。ひどい。

「どこを触って欲しいんだ？」

「う……」

「言えよ」

命令されてぞくぞくっと来るなんて、俺はMなのかもしれない。いやいや、違うから。いまのは誠志郎さんがちょっとヤバめだったから怖かったんだってば。

そう自分に言い聞かせながら、俺は口を開く。だって黙ってたら、ずっとこのままって気がしたから。

「うし……ろ……」

「ここか？」

「ぁ、っん」

指先で撫でられて、甘ったるい声が出た。

それからすぐに指が入ってきた。クリームを塗り込められて、ある程度北里に指で弄られてたから痛みもなくて、すぐに馴染《なじ》んじゃった。

指が前後に動くと気持ちよくて、喘いでるあいだにすんなり二本目も入った。

むず痒《がゆ》いところを擦《こす》られて、身体が溶けそうなほど気持ちいい。もっとして欲しくて、気がついたら自分から腰を揺らしてた。

いつの間にか乳首じゃなくてアレをしゃぶられてて、もうワケわかんなくなった。

一回イッちゃって、ぐったりしてるあいだも後ろ指でかきまわされて、あちこちにキスされてどんどん気持ちがよくなっちゃって……。

「ぁあっ……」

誠志郎さんが入って来たときも、思ってたより痛くなかった。もちろんそれは十分に慣らしてくれたせいなんだけども。

じりじり入って来る感じが生々しくて、でもなんだか嬉しかった。

「はぁっ……入って、る……」

腹のなかいっぱいに誠志郎さんがいるって感じは、なんていうかちょっと幸せ？　満たされるって感じかも。

よく考えたらすごいことしてるんだけどさ。

「大丈夫か？」

「ん……」

髪撫でられて、しばらくぶりに目を開けたら、いつの間にか誠志郎さんは服も脱いでたし、メガネ外してた。髪も少し乱れてて、なんていうか……セクシー？　やたら大人っぽかった。いや、もともとこの人はちゃんとした大人なんだけど。

「格好いい……」

「っ……」

なんか舌打ちされた、って思ったら、俺のなかの誠志郎さんがぐんっとまた成長！　ええっ、そういうのあり？

いやあの、見てないけど、たぶん十分デカかったよね？　まだ伸びしろあったんですか……？　すげーギチギチじゃん。

動揺してるのがわかったみたいで、誠志郎さんはふうと溜め息をついた。

「煽るからだ」

「ええ……っ？」

「覚えとけ。男なんて笑えるくらい単純なんだ」

いやだから俺も男だよ。俺のまわりにいる人たちは、俺のことちゃんとした男だって思ってないみたいだけどね。知ってた。特殊なタイプって分類されてるってことくらい。

「いいか？」

「え？」

「動いてもいいか、って聞いたんだ」

「……ど、どぞ……」

お任せですよ、最初からそうじゃん。それでも律儀《りちぎ》に聞いてくるところがちょっと可愛いと思ったり思わなかったり。

なんて考えてられたのはそこまでだった。

「んぁ……っ、ああ……」

腰を引かれて、ぞぞぞっとして、また押し込まれて自然と声が出て――。

最初はゆっくりだったリズムは、だんだん速くなっていって、そのうちガツガツ抉《えぐ》られてるみたいに激しくなった。

初めてなのに、おかしくなるくらい気持ちいい。なんか聞いてた話と違う。慣れるまでは後ろでいくのは難しいけど、慣れたらすごいよ、とか父さん言ってたのに。

「はっ、あ……あんっ……！」

慣れてないのにすごいです。それとも慣れたら、これ以上のものが待ってたりするんだろうか。

俺もうイッちゃいそうなんだけど。

ああ、そっか。変なクリームのせいだ。だから俺、いまヤバい状態なんだ。じゃあ、いいか。ちょっとくらいおかしくても。

「んんっ」

ぐぐっ、と深く突き上げられて、同時に唇を塞がれて、あれこれってファーストキスじゃね？　って思いながら、俺は盛大にイッた。

びくびくって全身が震えた。

高いところに無理矢理押し上げられるみたいな感覚があって、ぶわーっと頭の後ろのほうでなにかが弾けて。

気持ちいいなんて言葉じゃ表せなかった。

その後は頭のなかが真っ白で、そのまま意識がすとんと落ちそうになったとき、頭まで突き抜けるような強烈な快感で意識がはっきりした。

「あぁっ……！」

さっきより激しく突き上げられて、俺は仰け反った。

知らないうちに俯《うつぶ》せにされてて、腰つかまれて、後ろからガンガン攻められてる。嘘、まだ終わりじゃないの？　っていうか、もしかして誠志郎さんはイッてなかった？

「やっ、ぁん……あんっ」

感覚はさっきまでより鋭くなってる気がする。敏感というか、ますます気持ちよくなっちゃってるんだけど……！

ヤバい、これヤバい！

「だめっ、おかしく……なるっ……」

「なっちまえよ」

覆い被さってきた誠志郎さんが耳元で囁《ささや》いて、もっと感じてしまった。声ヤバい。耳元でそういうこと言うの、超ヤバい。

結局気絶するまでイカされ続けた。

俺がヤバいから、たぶん誠志郎さんもつられたんだって、そのときは本気で思ってたんだ。


結論から言うと、俺が意識飛ぶくらいヤバかったのは変な塗り薬のせいだけでもなかった。

一度気絶して、何時間か後に目を覚まして風呂に入って軽く食事した後、なんだかんだでまた始まっちゃって……。

クリームの効果とか完全に切れてたらしいのに、俺の身体は十分ヤバかった。どうやらかなり敏感だそうです。しかも後ろのほうも刺激が快感に直結しやすいらしくて、イキやすい体質な模様。

嬉しくない……そんな才能はいらなかった。

「俺が楽しいからいい」

「た……楽しいんだ」

「ああ」

きっぱり頷くのを見て力が抜けた。

「それってさぁ、俺がそういう体質だから、男が寄ってくるってこと？　男好きするタイプってことか？」

「まぁ……男に好かれやすいのは事実だろうが……感じやすいのは別問題だろ」

「そうだよね？　関係ないよね？」

「寄ってくる電波系が全員性的な興味持ってるわけじゃないだろ？」

「たぶん」

むしろ大半は違う。もうね、俺を見てないからね。目が俺を通り越して、どっか遠くを見てたりするから。

でも釈然《しゃくぜん》としない部分はあった。

「俺が男に好かれるのはなんで？」

「さぁ。そういうフェロモンでも出てるんだろ。誘蛾灯《ゆうがとう》的な」

「蛾の話はやめろーっ」

ベッドでする話じゃないよね、絶対。

いやぁ、太陽の光がまぶしいな。昨日って結局何時に寝たんだろ。昨日じゃなくて、日付変わってたのは確実だな。

最初の日以来、俺たちもう何度もセックスしちゃってる。俺の感度も右肩上がり、らしいよ。一応実感はある。

いいんだけどね。セックスは好きだし。というか誠志郎さんに抱かれるのが好きってのが正しい。気持ちいいだけじゃなくて、幸せな気分になれるし。

愛されてるよ。ムチャクチャ愛されてる。大事にしてくれてるしさ。

まぁセックスのときは容赦ないけど。それも情熱的ってやつだから仕方ない。たとえ毎回最後のほうは記憶がなかったとしても！

「誠志郎さんはちょっと自重《じちょう》するってことを覚えたほうがいいと思うんだ」

「俺の辞書から消えた言葉だな」

うん、わりとひどいこと言ってるよね。つまり今後も自重する気はまったくない、って言ってるわけだもんね。

まぁ変な薬とかオモチャとか使わないからいいんだけどさ。ちよっと目隠ししたり縛ったりするくらいは普通だし。

普通なんだよね？　だって誠志郎さんはそう言ってた。

「ところで、そろそろ社長に言おうと思うんだが」

「え」

「いつまでも黙ってるわけにはいかないだろ」

あー、やっぱそうなのか。

誠志郎さんはあれからすぐ言うつもりだったんだよ。それ止めたのは俺なんだ。だって心の準備ってものがさ。

でもずるずると二週間くらいたっちゃったし、誠志郎さんは父さんに黙ってるのが嫌みたいだし。

「……わかった」

いまどこにいるか知らないけど、とりあえず話があるってメール送ることにした。

誠志郎さんが俺のスマホ取ってきてくれて、用件だけの文章を送って、ものの一分。

かかってきたよ、起きてたんだ。いまどこにいるんだろ。

「も……もしもし？」

『おう、そっちは朝十一時過ぎぐらいか。元気か？』

「うん、まぁ。父さんはどこにいんの？　いま平気？」

『ロスだ。平気だからかけてんだろうが』

「そ、そか」

じゃあ現地は夕方だ。起きてて当然か。

『で？　話ってのは？』

「えーと……実は、その……」

『どうした？　誠志郎がどうかしたか？』

ドキッとした。いやまさにそれなんだよね。

俺がわざわざ話したいってメールしたわけだから、父さんも少しは話の内容について考えてみたんだろうなぁ。大抵のことは誠志郎さんが報告してるはずだから。

ちらっと誠志郎さんを見ると、電話を替わろうかっていうしぐさをした。

首を横に振って、俺は思いきって言った。

「実は誠志郎さんと恋人同士になりました！」

よし、言ったぞ。さぁどんな反応？

『ふーん』

「え……」

『一ヵ月ちょいか。思ったより遅かったな』

「は、はい？」

遅い？　え、問題ってそこなのか？　っていうか、俺たちがくっついちゃったこと自体はどうでもいいの？

　唖然としてると、声が聞こえていたのか誠志郎さんは軽い溜め息をついた。

「二週間前です、社長。蒼葉が言いたくないって可愛いワガママを言うので、今日まで待ってやっただけです」

『もう社長じゃねぇって言ってんだろ。なんだ、二週間か。じゃあ、まずまずだな』

「ちょっ……」

『当然もう、やったんだろ？　どうだった？　気持ちよくしてもらえたか？』

「待て待て待てっ！」

　ほんとに待って、マジ待って。なんで俺、親からセクハラ受けなきゃなんないの？　っていうか、まずまずってなに？　どういうこと？

　軽くパニックなんだけど。父さんが旅に出るって言い出したとき以上のパニックなんだけど。

『察しが悪いやつだな』

「へ……？」

『誠志郎の気持ちなんてわかってたに決まってんだろ』

「……はい？」

『ま、最優良物件だからな。合意に持ち込めるなら、ものにしていいってことになってたんだよ。順序は守れってな』

理解が追いつかないよ。え、なに？　つまり誠志郎さんが俺のこと好きなの知ってて、同居させたってこと？　で口説き落とせたらやるよ、的な？

ないわぁ。親が息子に男を宛てがうとか、ないわぁ。

「ひどい……」

『どこがだ。おまえの幸せを考えて、最善策を取っただけだろ』

いや、うん。父さんが俺の幸せを考えてくれてるのはわかる。わかるけどさ、普通じゃないと思うんだよね。どこの親が、息子に彼氏を斡旋《あっせん》しようとか考えるんだよ。

あ、もともと普通の父親じゃなかったっけ。

「……」

それでも俺が無言になっちゃったのは仕方ないよね。

『嫌なら嫌って言えるだろ、おまえは』

「……うん」

『で、どうなんだよセックスは。あいつのことだ、二週間もありゃさんざんやりまくってんだろ』

「だからそういうこと聞くなっ」

だいたいなんで父さんがそんなわかったようなこと言うんだよ。二人して否定してたけど、本当はちょっとくらい二人の間にカラダの関係とか……。

「ないからな、絶対」

「誠志郎さん、心読めんの」

「顔に出てた」

それは自覚してるけど、的確すぎるんだってば。

『ま、そのへんは誠志郎に聞くか』

「聞くなってば！　誠志郎さんも報告禁止だからね！」

しっかり釘《くぎ》刺しておいたけど、二人とも返事してくれなかった。もう嫌な予感しかしない。

それはまあこの際いいとして、父さんはなんで俺と誠志郎さんをくっつけようと思ったんだろ。やっぱり家族になろうっていう、俺の考えは正しかったのかな。

なんて考えてたら、思い切りそこを打ち砕《くだ》かれた。

『ま、これで一安心だな。将来的にも』

「将来的？」

『おまえが女連れて俺んとこに来る可能性はつぶれただろ』

「……はい？」

目が点になった、っていうのが正しい気がする。いままでとは別の意味でわけわかんなかった。

『誠志郎、しっかりつかまえとけよ』

「当然です」

「ちょ、ちょっと待って、なになに？　どういうこと？　俺が……え？　つまり彼女紹介するとか、

「だって父さん別に女の人嫌いってわけじゃないじゃん！　恋愛対象じゃないだけで！」

『そう言ってんだろ』

結婚するとか、そういうの嫌だったの？」

『嫁《よめ》としてはいらねぇ』

なんだろう、すっげぇ気持ちよく言い切った。

『ったく、ガキの頃からあれこれ教育施《ほどこ》したってのに、おまえはちっとも男に目覚めやがらねぇし、ひやひやしたわ』

がーん、って効果音がしたよ、いま。確かに子供の頃から、父さんは俺に男同士の恋愛についていろいろ聞かせてた。中学入った頃からは、男同士のセックスについても、生々しくない程度に話してた。たぶん嫌悪感が先に立たないようにしてたんだと思う。あれって俺を自分と同じ道に引きずり込むためだったのか！

そんでもって、誠志郎さんをスカウトして何年もかけて育て上げて、満《まん》を持《じ》して俺に……！　って、なんだそれ。

めまいがしてきた。信じられない……。

『結果オーライ、だろ？』

ああ、もう思うつぼだよ。誠志郎さん格好いいし優しいいし、ご飯美味しいいし、えっち上手いしでメロメロだよっ。

俺は半分魂《たましい》抜けちゃってたらしくて、電話は途中から誠志郎さんが替わった。なんかいろいろ話してたけど、一つも頭に入ってこなかった。

気がつくと電話は終わってて、俺は誠志郎さんに頭を撫でられてた。

ベッドに入ったまま頭だけ出して、俺はちょっとだけ拗《す》ね気味だ。

「どうした？　ご機嫌斜めか？」

「……思うつぼなのが悔しい」

「ああ……」

それだけでなにが言いたいかわかってくれたらしい。でも笑ってる。くそう。

脇の下に手を差し込まれて、ひょいっと誠志郎さんの膝まで引っ張り上げられた。乗っけられて、また頭を撫でられる。

なんか扱いが犬とか猫とかなような気がして仕方ない。俺は愛玩《あいがん》動物か。

って呟いたら、まさかと否定された。

「ペットに欲情はしないぞ」

「……してんの、いま」

上目遣《うわめづか》いに見たら、するっと今度は腰を撫でられた。ああ、そこヤバい。びくんって身体が震えちゃったじゃん。

昨夜の余韻《よいん》みたいのがまだ抜けてないんだって。

「してるな」

そうですか、奇遇ですね、俺もです。

もうね、簡単にスイッチ入るようになっちゃったんだよ。誠志郎さんに触られると——性的な感じで触られると、パチンて入っちゃう。そういう意味での視線とか声とかも有効。

キスなんてされようものなら、このまま腰砕けだよ。

いまみたいにね！

「ん……ぁ……」

日曜の昼間からなにしてんだろ、と思わなくもないけど、スイッチ入っちゃったからもう仕方ない。

今日の予定は全キャンセルで。

理不尽に激しく

誠志郎《せいしろう》さんとイチャラブーな毎日を送って、身も心も満たされてる俺なんだけど、変な人たちにロックオンされてるのは変わってない。

今日も特殊なことを言い出す人が、俺の目の前に座ってる。

「コロボックルがね、うちの天井裏に住み着いてるんです」

ああ、あれだ。小さい人。そう言えば小学校の頃、そういう本読んだっけ。あれ好きだったな。いや俺だってね、フィクションのなかでなら好きなんだよ、霊《れい》も宇宙人も妖精も。

でも目の前の人はあくまで現実として語ってるわけで、それはやっぱり共感出来ないんだよね。普通はそうだと思う。

「ゆうべも天井裏を走ってて」

それネズミじゃないの？　それかほかの動物とか。確かニュースで、イタチ系の動物が住み着いた話とか見た気がする。それだとさすがに音が大きいかな。あとは……猫とかが住み着くことってないのかなぁ……。

いろいろ考えてるうちに、だいたい話し終わったみたいで女の人は帰ってった。

なんだか知らないけど、大抵の人は話したいことだけ話すと帰って行くんだよね。ただ話したいだけなんだろうか。

「いやー、今日も大盛況《だいせいきょう》」

近くで聞いてた宗平《そうへい》に感心された。まったく嬉しくない。

今日も昼休みに空き教室に集まってるわけだけど、最近は週一でここにいるのが有名に……あ、その筋でね、ちょっと知れ渡っちゃって、さっきみたいな人たちが来るようになっちゃったんだよ。だったら別の場所に、ってわけにもいかないいんだ。

実はちょっと前に大八木《おおやぎ》先輩がサークル立ち上げてね。もちろんあっち系で、その名も「超常現象研究会」っての。ざっくりしてるよね。なんでもありなんだ。それこそ先輩が大好きなＵＦＯや宇宙人から、幽霊《ゆうれい》や超能力、伝説のたぐいまで。

当然のように俺もメンバーに入ってた。一応確認はされたよ？　先輩から「いいよね？」って。ここで嫌《いや》ですとは言えなかったんだ……。

もちろん宗平もメンバーだ。そしてなんと、高校のときとは違ってほかに五人もメンバーがいる！

これってすごいことなんだぞ。先輩が入るの許可したってことなんだからな。

あ、新メンバーのうちの一人は誠志郎さんだったりする。これは俺のお目付《めつけ》役としての特別会員みたいなものらしくて、先輩が「特例だよ」とか言いつつ、積極的に誘い入れてた。でも正直ありがたいものじゃないと思う。

残りの四人は先輩が面接して決めた。不思議なことに入会希望者が殺到して……いや大げさじゃなくて三十人以上来ちゃって、かなりふるい落としたんだよね。で、先輩のお眼鏡《めがね》にかなったのが、たったの四人。ちなみに女子はゼロ。

別にわざとそうしたわけじゃなくて、もともと女子の応募者が三人くらいしかいなかったんだよ。

で、全員失格だった。らしい。なにが失格なんだか、厳密にはよくわかんないんだけど、合格者たちを見てると、そういうことかなーってのが見えてくる。

たぶん信じ切ってるような人はダメなんだよ。だからってバカにしてるようなのもダメ。宇宙人とか超能力とか、そういうのが好きで、しかも冷静で、ロマンを感じてるようなやつが合格基準なんじゃないかなぁ、と。

高校からのメンバーの俺たちと誠志郎さんには、まったくそのへん求めてないみたいだけどね。

「遅くなりましたー」

やって来たのは一番最近入った、溝口《みぞぐち》ってやつ。俺らと同じ一年で、オーパーツとかいうのが好きらしい。なんか昔の発掘物とかで、当時の技術じゃ作るの無理じゃん？　ってのをそう呼ぶらしいよ。

初めて知った。

実は溝口とは同じ学部だった。俺は知らなかったけど、向こうは俺のこと知ってたって。目立つから、とか言われた。

「集まらなきゃいけないわけでもないから、いいんだよ」

「あ、はい」

溝口はおとなしい。自分でも言ってるけど目立たないタイプで、身長は俺と同じくらいで、たぶん体格も同じくらい。顔は……うーん、なんていうか、結構整ってるのに特徴がなくて記憶に残らないタイプ。って宗平が言ってた。なんとなくわかる気がする。ヘアスタイルとか服とか気合い入れたら、普通にイケメンの仲間入りするはずなんだけどなぁ。

でもそういうのには興味ないらしい。大抵読書してるかゲームしてるか、って感じ。どっちもスマホでやってるから、一見どっちなのかわかんないんだ。

「溝口。こないだ言ってた雑誌、持って来たぞ」

「わー、ありがとうございます。ネットでも探したんですけど見つからなくて」

マニアな人たちがマニア雑誌の貸し借りをしてる。不思議系雑誌のパイオニア『レムリア』のバックナンバーだって。十三年前のって、なんで持ってんのかも謎。持って来たのは園田《そのだ》さんっていう二つ上の先輩で、雑誌はお父さんのものらしい。親子でこっち系なのか。見た目は爽《さわ》やかなスポーツマン系なのにな。

あとの二人は見た目はいまどきの大学生。彼女がいそうなのに、こっち系のマニア……っていうかオタクすぎて、女の子に引かれてるらしい。うん、そういうとこは大八木先輩と同じタイプだな。どっちも一つ上で、学年は大八木先輩と一緒だけど二人とも浪人も留年もしてない。原《はら》さんと仲本《なかもと》さんっていう。

溝口は持ってきた、っていうか買ってきた弁当を食べながら、スマホを覗《のぞ》き込んでる。そっちに夢中になって話に参加しないってわけじゃないけど、わりとずっと見てたりするんだよね。

「ゲーム？」

「あ、ごめん。あとにするね。小説読んでた」

「どのへんのジャンル？」

「ジャンル……うーん、魔方陣《まほうじん》の話？　あ、ノンフィクションだよ」

「え、魔方陣？」

ファンタジー、というか、俺にとってはゲームの世界だなぁ。でもノンフィクションってどういうことなんだろ。

「都市伝説的な話でね、日本の主要都市には意図的に魔方陣が敷かれてるっていう」

「へぇ」

ヤバい、ちょっとおもしろそう。話を聞くとこじつけっぽい気がしないでもないけど、楽しそうだよね。

そうか、ロマンってこういうことか。

うんうんと頷いていると、大八木さんが話に入ってくる。

「それ、僕も読んだよ。おもしろかった」

「ですよねっ。寺とか神社とかのパワースポットだけじゃなくて、新しいビルなんかもデザインから考えられて陣の一部になってるってとこが好きで」

大八木さんと二人で盛り上がってる。置いてきぼりなのは俺だけじゃなくて、宗平もだ。最近の大八木さんは仲間が出来たからしょっちゅうこんな感じなんだよ。新しく入った三人も、口は挟《はさ》まないけど相当食いついてる。

なんかアウェイだなー。別に居心地悪いわけじゃないけどね。

ってまったりしてたら、今日二人目のお客さんが来ちゃった。一目でわかるよ。あれはなにかを信じちゃってる人だ。しかも俺から目離さないし。

なんでだよ。こういうの好きなやつがほかに五人もいるんだから、そっち行けばいいじゃん……。

「檜川《ひかわ》くん……だよね？」

「はぁ」

やたらと青白い顔した男の人だ。大丈夫かな、って心配になるくらい。痩《や》せてるし猫背だし、表情とか少しぼんやりしてるし。まぁそこまではいいんだけど……目が怖い。淀《よど》んでるよー……目の前に来たのに、俺のこと見てない感じ。

いいって言ってないのに、そいつは俺の前に座った。

宗平がささっと俺のそばまで来る。いまは誠志郎さんがいないから、自分がちゃんと対処しなきゃ、くらいに思ってるんだろうなぁ。

相変わらず宗平は誠志郎さんにへつらってるんだよね。ずいぶん前に手下だって自覚したっぽい。

「僕、狐憑《きつねつ》きなんだ」

「ああ……そうなんですか」

初めてのパターンじゃないから、ついさらっと流してしまった。なにか憑いてる系は何人目かなぁ。狐は三人目くらいな気がする。龍《りゅう》が憑いてるって人もいたからなー。

「狐が憑いて以来、霊が見えるようになって」

「あー」

「檜川くんはすごい人が守護についてるね」

「はぁ」

隣で宗平がぶはっと小さく噴《ふ》き出して、慌《あわ》てて咳《せき》をしてごまかした。相手の言うことは否定しない、笑わない、バカにしない……っていうのが、俺たちのセオリーなんだよね。論破《ろんぱ》しようとすれば簡単なんだけど、相手は絶対納得しないし。失望したって顔されるか怒るか泣かれるかだもん。穏便《おんびん》にすませるために、大八木さんたちと話しあって決めた方針なんだ。

で、宗平がなんで噴き出したかっていうと……守護って部分だと思う。うん、確かに俺にはすごい守護がついてるよ。霊じゃないけどね！　誠志郎さんっていう最強の守護がね。

それから目の前の人は、どうして狐が憑くに至ったか、って話を始めた。

史学科のこの人は三ヵ月くらい前に遺跡の発掘調査に駆り出されて、石をひょいってどかしたらそれに狐封じみたいなことが書いてあったんだって。それ以来こんなふうにげっそり痩せちゃったんだそうだ。

「えっと……申し訳ないんですけど、俺はなにも出来なくて……お寺とか行ったほうがいいんじゃないかなーと思います。ちゃんとしたとこに」

あやしい霊能者のとことか行って、そのまま信者みたいになっちゃったら怖いからね！　名のあるお寺とか行って、ちょっとお祓《はら》いでもしてもらえれば案外いい感じになるんじゃないかな。ほら、気の持ちようっていうかね。うん。

なんとか史学科の人を送り出して振り返ったら、溝口が口を半開きにして感心したような顔でこっちを見てた。

「なんかすごい……」

「どこが」

目がきらきらしてるんだけど、なにがお気に召したんだろう？

「みんなから話は聞いてたけど、ほんとに続々来るんだね！　さっき僕が来たときも、帰ってく人がいたよね？」

「あー、コロボックルね」

「コロボックル？　アイヌの？」

「家にいるんだって」

「コロボックルが東京《とうきょう》に？　ずいぶん南下したね」

問題はそこか。いや、もちろん冗談なんだろうけど、溝口ってわかりにくいというか、本気にも聞こえるよ。本人笑ってるけどさ。

「名指しで来たもんね。なんでなんだろ？」

「それが蒼葉《あおば》の体質ってやつなんだよ。伝説聞いたろ？」

「ちょっと聞いたけど……」

楽しそうだな宗平。そんなに人の不幸がおもしろいかよ。まぁさすがに戸部《とべ》と北里《きたざと》が俺になにをしたかは誰にも言ってないみたいだけどさ。

あ、一応宗平にはあの二人のことを話しておいたんだ。急に俺が北里のこと言わなくなったり、戸部が現れなくなったりしたら、まぁ不思議に思うだろうしさ。大八木さんにはなにも言ってない。たぶん興味ないだろうから。

大八木さんは園田さんたちと盛り上がってる。溝口以外の会員は何度もさっきみたいなこと目撃してるから、すっかり慣れちゃってるんだよな。溝口もそのうち慣れるよ、うん。

俺がそんなこと考えてるうちに、宗平はいろんな話を聞かせてやってたみたいだ。俺の伝説とやらを！　言っとくけど俺にとったら黒歴史だからな、それ。

「中一んときの担任も、俺はそうだったんじゃないかと踏んでるんだけどな」

「……なんの話？」

いつの間にか心当たりのない話になってた。中一のときの担任っていうと、五月頃に急に辞《や》めちゃった人だよな。ヤバい父兄に追いつめられて辞めたとかいう噂《うわさ》が……ん？

「やたらと蒼葉のこと見てたんだよ。あれ絶対、ヤバい系のやつだったって。遊びに行ったとき、あの担任が蒼葉んちの近くうろうろしてたの見たことあるし」

「は？」

「きっと蒼葉の親父《おやじ》さんが気付いて学校にクレーム入れたんじゃね？　って俺は思ってる」

いやいや、まさか。確かにあの時期、変な電話とか郵便受けに変なもの入ってることがあったけどさ。誰かに尾《つ》けられたりとかも……。

「担任って、女の人？」

「男。つーか蒼葉んとこには基本男のストーカーしか来ない」

「え、ストーカー？　電波だけじゃないの？」

「そうなんだよ。電波の一部がストーカー化すんだよ。ほら、前世ネタで半年以上、口説《くど》いてきてたやつがいるって話はしたろ？」

「あー、うんうん。カウンセリング受けてるんだっけ？」

「らしいよ。妄想《もうそう》で他人に迷惑かけちゃダメだよな。仲間内でやってるなら、別に勝手にしろって感じだけど」

「妄想かぁ……詳しく前世の物語を聞いてみたかったなぁ」

「やめとけって、勝手に登場人物にされるぞ。俺も蒼葉の弟っていうキャスティングだったんだからな。ま、超脇役だったみたいだけど」

「あ、なんかそれっぽい」

こっちはこっちで盛り上がってる。俺はどこの話にも入れなくて、仕方なくスマホを見ることにした。あ、誠志郎さんから連絡入ってた。

「マジ……？」

「どーした？」

「誠志郎さんが顔出すって」

「うおーっ」

変な声出すな宗平。いやでも珍しいから仕方ないか。一応会員だし、昼の集まりはそもそも正式な会じゃないから、誠志郎さんが来るなんてまずないんだよね。木曜の夕方にやってる定期会には来るけど、なにするってわけでもないし。いや、それは俺もか。

四人の新メンバーさんたち、ちょい緊張し始めた。毎回だよね。いい加減慣れたらいいのに。怖い人じゃないよ？　俺に危害さえ加えなきゃ。

ずずっ、と音がしたから見たら、大八木さんがストローで残った牛乳を吸い上げてた。

「僕が呼んだんだよ」

「え？」

「ちょっとみんなに相談があってね」

大八木さんは涼しい顔だ。この人はわりと最初から誠志郎さんに対して身がまえてなかった。変に聡《さと》いとこある人だから、俺に対して普通なら問題なしって早々に看破《かんぱ》したんだと思う。なにも気にしてないだけって可能性もあったりなかったり……。

「相談ってなんすか」

「サークルらしいことをしようかな、って」

「サークルらしいこと？」

「うん」

って、大八木さんが頷《うなず》いたとこで誠志郎さんがやって来た。現れただけでなんとなく教室の空気が変わった。

誠志郎さんはまっすぐ俺のところに来て、斜め後ろくらいに座った。人前ではだいたいこんな感じの位置取りをすることが多いんだよね。近付きすぎないけど、誠志郎さん的には十分な距離と位置らしい。

それにしても大八木さんは全員集めてなにを相談するつもりなんだろ。サークルらしいことって、やっぱその手の活動だよな。心霊スポットとかまわるのは勘弁《かんべん》。特別恐がりじゃないけど、正直行きたくない。

「合宿をね、したいと思って」

「なんの合宿ですか？」

「星空の森、って知ってる？」

なにそのメルヘンな名前。絵本のタイトルみたい。

「知らねーっす」

「キャンプ場の名前なんだけどね。星がすごくよく見えるってことで有名で、天体マニアにはお馴染《なじ》みの場所なんだよ。夏とか流星群とかのときは、ものすごく盛り上がるんだって」

ふーん全然知らない。でも新会員の四人は全員わかってるらしく、なるほど……って顔してる。みんなマニアなんだな。

大八木さんは、わかってない俺と宗平に向かって説明し始めた。誠志郎さんも含まれてるのかいないのかはわかんなかった。

「このキャンプ場で、最近ＵＦＯの目撃情報が頻発《ひんぱつ》してるんだ。ここ二年くらいかな。で、『ＵＦＯの森』なんて言われてる」

「ああ……」

なるほど、納得。大八木さんが行きたがるわけだ。

「いやでも合宿っていつするんですか？　来年の夏の話？」

「なに言ってるの。年末か年明けの話だよ」

「えええーっ」

真冬じゃん！　真冬にキャンプって、それどんな罰ゲームっ？　無理無理、冬は大好きだけど俺寒いのダメだもん。そもそもアウトドアは敵だもん。だって虫が……あれ、真冬だったら虫ってあんまり出ないかも……。

「冬だから虫も出ないよ」

「……そうですね。でも……」

「テントじゃないよ？　テント張れる場所もあるけど、ちゃんとバンガローとかコテージもあるんだ。オートキャンプ場もあるし、選択の幅は広いんだよ。ちなみに僕、アウトドアは嫌いだから、コテージ以外は無理」

「や、でも観測するときは外でしょ？　寒いじゃん。あ、沖縄《おきなわ》とかだったらいいけど」

「山梨《やまなし》だよ。標高は六百くらいかな」

「寒そう……」

「大丈夫。観測用のサンルームが付いてるから。もともと星の観測が売りだったとこだから、そのへんは至れり尽くせりなんだよ」

なるほど、屋内でいいんだ。サンルームも寒そうだけど、外よりはマシだろうし、まぁそれだったらいいかな。虫も出ないし……ここ重要。

ちらっと誠志郎さんを見たら、別にいいんじゃないか的な雰囲気だ。はっきりそういう顔してるわけじゃないけど、雰囲気でわかる。きっとほかの人たちから見たら、なに考えてるかわからないんだろうけどね。

「もちろん希望者だけでいいよ。あ、宿泊費はこんな感じ」

料金表まで用意してあるなんて、大八木さんやる気だな。きっと一人でも参加するって言ったら実行するね。

みんなで合宿みたいなのって初めてだ。修学旅行くらいしかしたことなくてさ。俺が行くってなったら誠志郎さんも絶対行くし、そしたら三人は確実だ。

あ、宗平も参加表明した。さすがに元日挟んだ何日かは無理らしいけど、それは大八木さんも考えてないらしい。

「じゃ、二十七日から二泊って感じでどう？　一応クリスマスは避ける方向で。パーティーとかデートとかあるだろうし」

なんだろう、微妙な空気になった。デートがある人って、このなかにいるのかな。園田さんは先月、高校のときから付きあってた彼女と別れたらしいし、宗平は相変わらずだし、大八木さんはいつも通りだし、溝口は……いなさそうだよな。ほかの二人も遠い目をしてる。

俺と誠志郎さんは、一応デートしようってことになってる。ドライブデートね。ちょっと遠出して外でメシ食うくらいだけど。

だから出発が二十七日なのはありがたかったり。だって絶対二十六日とか死んでるよ、俺。たぶんだけど、誠志郎さんのせいでね。や、初めてのクリスマスなわけじゃん。一応ね、俺たちデキたてのカップルですから。

コテージかぁ。どんな感じなんだろ。後で検索してみよう。

「それでね、交通手段なんだけど……」

って、大八木さんは誠志郎さんをじっと見た。あ、はいはい。そういうことか。ほんとに物怖《ものお》じしないなぁ、この人は。

「俺に運転しろと？」

「ぜひ。八人乗りのレンタカーで行けたらベストなので」

やっぱりね。前に俺が誠志郎さんのスキルについて話したから、運転慣れしてることも知ってるんだよね。

確かに安いし、キャンプ場ってくらいだから車で行かないと不便なとこにあるんだろうし、移動も楽だよなぁ。運転する誠志郎さん以外は。

どうなんだろ。顔を見る限りだと、仕方ないなって感じかな。呆《あき》れてもいるけど、嫌ってわけじゃなさそう。

「わかった」

「ありがとうございます」

「ただし条件がある」

おお？　なに出すんだって感じで、大八木さんと俺以外が身がまえた。うん、ブレない大八木さんの大物っぷりにびっくりしたよ。

さてさてー、キャンプ当日ですよ。出発は午前十時ってことで、俺たちは車で大学近くの駅までみんなを迎えに行くことになってる。車はもう誠志郎さんが借りてきて、地下の駐車場に停《と》めてある。八人乗りの4WDで、そこそこ大排気量。八人でもストレスなく走れる……らしい。

あれからね、ちょこちょこいろいろありました。俺のところには連日電波さんたちがやってきたし、そのなかから二人ばかりストーカーに変身しちゃうやつも出まして、当然のように誠志郎さんとその協力者……つまり父さんの部下の人たちに片付けられてた。もちろん穏便にだよ。大学は辞めちゃったり転学したりしたけども、まぁ平和的解決だった。

なんだか前よりひどくなってる気がする。電波はともかく、ストーカーが増えた。

「なんで？　俺もう大学生だよ？」

「大学生かどうかは関係ねぇだろ」

一度素《す》を晒《さら》して以来、誠志郎さんは二人だけのときは言葉使いを崩してる。真面目《まじめ》そうな見た目とのギャップは相変わらずで、いまだにちょっと違和感……。

でも格好いいからよし。

「関係はあるでしょ。だって何年か前はもっとこう、中性的だったもん」

「いまでも十分そうだと思うが……」

「成長してないっていう意味？」

よし、そのケンカ買った。あ、嘘《うそ》です嘘。誠志郎さんからは絶対買いません。だって最初から負けるのわかってるもん。コテンパンにやられちゃう。

ケンカはしてなくても、昨日まで俺、半死半生だったし。イブの夜からちょっと盛り上がっちゃいまして……。

初めて車のなかでしちゃったよ！　カーセックスってやつ。

イブの日にちょっと遠くのテーマパークまでイルミネーションってやつ見に行ったんだよね。カップルらしいクリスマスデートだな、って自分でも思う。暗いから男二人でいても問題なかったよ。誠志郎さんの背が高いのと、俺がベージュのフード付のコート着てたせいで、普通のカップルに見えてたんじゃないかな。いちいち覗き込んでまで人の顔なんて見ないし。

テンション上がって、俺から手繋《つな》いだりなんかしちゃって。

で、閉園ギリギリまでいて、ほとんど最後の客ってくらいになって、駐車場に着いたらもう車は三台くらいしか残ってなくてさ。そもそも駐車場は無料のとこだったし複数あるしで……気がついたら車のなかで始めちゃってた。

誰か来たらどうしようって冷や冷やしたけど、それも最初だけだったなぁ。途中からそれどころじゃなくなっちゃって、普通に喘《あえ》いでた気がする。

あんなとこで二回もされて、俺は終わってすぐ寝ちゃった。で、起きたときには家にいたんだよ。風呂に入らされるとこだった。

そのまま続きをする流れで、風呂でもベッドでもやって、寝て、起きたらまたやって……みたいな。

とんでもないクリスマスを過ごしてしまった……。当然翌日、つまり昨日は半分死んでた。誠志郎さんは相変わらずピンピンしてたけどね。

あれ、なんの話だっけ……あ、そうだ。ストーカーが増えた話だった。

「とにかく、男子中学生とか高校生っていう売りがなくなったのに、なんで？　って話だよ」

「それは売りになるのか？」

「女子高生とか、世間の男は大好きじゃん。散歩するだけで金払う男もいるじゃん」

「まぁ……いるらしいな」

若いほうがいいって意味なのか制服が好きなのかは不明だけど、同じように男子大学生よりも男子高校生のほうが受けるんじゃないかって俺は思ってた。確かに外見はあんまり変わってないかもしれないけどさ。

誠志郎さんは可哀想《かわいそう》なものを見るような目で俺を見てる。

「……言いたいことあるならどうぞ」

「雰囲気の問題だから、高校生か大学生かは関係ないと思うぞ」

「どういうこと？」

「最近増えたのは、色気のせいだな」

「はぁ？」

いやいや、色気ってなにそれ。俺にそんなものがあるわけないじゃん。電波とかストーカーを引き寄せる変な「気」みたいのは確かに出してるかもしれないよ。フェロモンじゃないからね、あくまで「気」。でもそれは色が付いてるやつじゃないって。

　鼻で笑っちゃおうかと思ったのに、誠志郎さんの目がマジ過ぎて出来なかった。

「言っておくが、色気はある。普段もちょっとしたときに出すから困るんだよ」

「……マジ？」

「俺が冗談を言うと思うか？」

「いえ……」

　そんなー、色気とか考えたこともなかったよ。マジでそんなもの俺が出してるの？　色気ってなに。どういうもの？

　考えたってわからないし、このままじゃ気をつけようもない。

「具体例プリーズ」

「そう言われてもな……ちょっとした仕草や視線だからな。意識して出してるわけでもねぇし、法則みたいなものはない」

「それじゃ対策出来ないじゃん」

「とりあえず無闇《むやみ》に笑いかけるのはやめろ」

「してるつもりないけど……」

「無意識か」

溜め息つかれちゃった。呆れてるような、諦《あきら》めてるような、ちょっと困ってるみたいな……でも、しょうがないなっていう顔。

こういうときも愛を感じるんだよね。くすぐったいけど嬉しい。普段から大事にされてるし、キスとかセックスのときはもう受け止めきれないほど愛されちゃうんだけど、何気ない表情とかで感じる愛も好き。

なんかさ、誠志郎さんってほんとに俺のことが可愛《かわい》いみたい。好きとか愛してるとか、まぁいろんな感情があるんだろうけど、ものすごく感じるのは「可愛くて仕方ない」みたいな気持ちなんだよね。最近知ったんだけど。

俺のなにが？　って正直思う。前にそれを聞いたら「全部」って言われて、もう追及するのは諦めちゃった。

誠志郎さんは仕方なさそうに俺の頭を撫《な》でた。

「相談に来る連中にも、かなり笑いかけてやってるぞ」

「えーマジで？　あ、変なこと言い出したときに、反応に困ってやったりしちゃうかも。笑ってごまかす……みたいな感じで」

「それだな。ただし相手には、慈愛《じあい》に満ちてるように見えるだろうな。受け入れてくれた、と思われても仕方ない」

「ええー？」

そんなつもりないいんだけどなー。あ、だから寄ってくんの？　電波仲間のあいだで評判が評判呼んじゃったりすんのかな？　わかった。自覚したよ。

「よし、これからは笑ってごまかさないことにする。意味不明って気持ち、ストレートに出してみようかな」

「いいんじゃねぇか。そういう反応は慣れてるだろうしな」

「うん」

「時間だな。行こう」

　二泊分の荷物を持って、お出かけだ。向こうにはタオルとか置いてないらしいから、結構いろいろ詰め込んだ。調理器具や食器なんかはあるらしいけど、調味料はないらしいので、基本的なものは持って行こうってことになって、クーラーボックスに入ってる。ついでに食材も適当に。

　なんだかんだ言って、みんなそれなりに坊《ぼっ》ちゃんなんだよね。大八木さんも宗平も、ほかの四人も。うちの大学、多いんだよ。だから今回の合宿だって、金のことを言い出すやつは誰もいなかった。宿泊費とか交通費とか、提示しても「ふーん」「はいはい」って感じ。俺も人のことは言えないから言わないよ。誠志郎さんくらいだよ、苦労した経験あるのって。

「あ、俺どこに乗ればいいのかな」

「助手席でいいんじゃないか」

「大八木さんじゃなくていいのかなぁ」

「座ってるものを代われとは言わないだろ。ほかの男とくっついて座るってのも癪《しゃく》だしな」

わぉ、嫉妬《しっと》ってやつですか。隣が宗平でもダメなのかな。ダメじゃないけど、一人で座るの推奨《すいしょう》って感じかな。

じゃあ恋人の心の平穏《へいおん》のために、助手席にしますか。

バッグとかクーラーボックスを一番後ろのスペースに積んで、助手席に乗り込む。車高があるから座席も高めだ。

駅までは五分もかからなかった。全員集合してて、おはようございますなんて畏《かしこ》まって挨拶《あいさつ》してくる。みんな荷物が多いけど、なに入れてんの？　防寒具？

「二泊とは思えない荷物……」

「そりゃ観測グッズは欠かせないでしょ」

「あ、そうか……そうだった……」

目的を忘れてたなー。そう言えばＵＦＯ観測に行くんだった。すっかり俺のなかではただの冬キャンプだったよ。俺なんて観測のためのもの、一つも持ってないもん。誠志郎さんもだけど、それは忘れてたんじゃなくて興味ないからだろうな。あくまで俺の付き添いだから。

「なに入ってるんですか」

「いろいろだよ。カメラでしょ、ビデオと三脚でしょ、あとパソコンにラジオ」

「ラジオ？」

「うん。ＵＦＯが現れるときって、ラジオの音が乱れるとか雑音が入るとかって言われてるからね。電波干渉みたいなものかな。まぁ、一説によると、だけど」

「はー……」

大八木さんはどこまで本気なんだろう。や、本気で楽しんでるって意味では、超本気なんだろうけどさ。

ほかのみんなも似たようなものだった。携帯ゲーム機持って来たやつもいたけどね。待ってるあいだの退屈しのぎだって。

「ナビ、もう入れました？」

「ああ」

「さすが。じゃあよろしくお願いします」

俺の後ろから大八木さんが言った。目的地までは二時間半くらいらしいよ。あ、もちろん渋滞がなければ、だけど。

なんかちょっとわくわくしてきた。こういう旅って初めてだからさ。男ばっか八人が車に乗ってるのって絵面《えづら》的に厳しいけど、俺は助手席だから快適。デカめの車だから、後ろの二列だってぎゅうぎゅう詰めってわけでもないし。

「やー、なんか昨日は眠れんかった」

「遠足前の子供みたいだね」

一年の二人は最後列で、声が遠い。いまだってかろうじて聞こえたくらい。それにしても宗平、興奮して眠れなかったのか。

先輩たちも眠そうなんだけど……。

「いろいろ読んでたら遅くなっちゃって」

「俺も、『UFO事件ファイル』を読み返して寝不足だわ」

「あー、やっぱそれか。実は持って来ちゃったよ」

「なんだ、僕も持って来たのに」

うん、知ってる。みんなそういうのが好きなんだってことくらい。なにがびっくり、って、八人中五人がその本持ってるって判明したことだよ。つまり俺と誠志郎さんと宗平だけが持ってない、というか知らないんだ。

なに、そっちの世界では常識なの？　バイブル？　そうなんだ。へー。

荷物が多くなるはずだよ。方位磁石とか電波の受信機とか持って来た人もいるし。あと溝口は普通に天体とか野鳥の本とか持ってた。ついでにほかのものも観察する気らしい。まぁね、絶対UFOなんて出ないと思うし、どう考えても天体観測になるよね。天気が心配だけど……なんか今日の夜は曇りらしい。

一時間くらい走ったところで、サービスエリアに入って休憩《きゅうけい》した。昼ご飯にはまだちょっと早いし、どうせだったら現地で食べようってことになった。

それからまた一時間くらい高速道路を走って、インター下りてわりとすぐのところでお待ちかねのランチ！　大八木さんがネットでいろいろ調べてて、地元でも評判のいい店に入ってみた。いろんな定食があって、和も洋もありって感じ。メニューいいけど店の感じもいいんだ。いかにも普通の家を改装しましたって様子で、えっと古民家っての？　すげー雰囲気いい。古めかしいんじゃなくて味がある。テーブル席もいいし、お座敷は掘りごたつでテンション上がった。

俺は和風ハンバーグ食べて満足。シソは嫌いだから、そっと誠志郎さんの皿に移しといたら黙って食べてくれた。

溝口に目撃されちゃって、目が思い切り笑ってたけど、なにも言われなかった。空気読んでくれてありがとう。

で、ランチしたとこから三十分くらい走って、ＵＦＯの森……じゃなくて星空の森に到着した。途中で食材もいろいろ買い込んだよ。夜食だおやつだ、ってみんなも個人的にいろいろ買ってた。飲みものとかね。

キャンプ場は当然のことながら空《す》いてたよ。でもこんな時期に来るやつなんていないだろって思ってたのに、ほかにも何組か来てたのは驚いた。物好きだなぁ。

「冬の空が見たいって人もいるからね。夏とは星座も違うし」

「あ、そうか。ここって星見るとこでしたよね」

「売りではあるけど、ただキャンプしに来る人たちのほうが多いんじゃないかな。夏は」

でもオートキャンプ場のほうに向かう車もいたよね。あのグループはテント張るんだろうか。よっぽどアウトドア好きなのか、ただの物好きなのか、マゾなのか、よくわかんないね。

ほかの組はバンガローだったりコテージだったり、まぁ建物に泊まるらしい。ちなみにバンガローとコテージの違いは主に設備とか料金の違い。ここの場合、バンガローは布団《ふとん》もなくて自分でシュラフとか持って来て雑魚《ざこ》寝するスタイルで、コテージはベッドとか布団とかがある。俺たらはもちろんコテージ。

「じゃあ、荷物置いたらこっちに集合ということで」

「ああ」

今回は二棟《ふたむね》に分かれることになりまして。これはね、誠志郎さんの出した条件なんだ。運転手と、ついでに調理係もやってやるから、自分たち……誠志郎さんと俺は二人で一棟を使う、って。もちろん宿泊費は自分たちで持つわけだし、六人と二人だから棟の大きさ自体も違うんだけどね。二人用はコンパクト。

「寒いじゃん！」

「当たり前だ」

暖房が入ってない森……っていうか山のなかのコテージ、超寒い。外とほとんど変わらない。空気がキンキンに冷えて刺さるみたいだし、足元から冷たいのが上がってくる。なんて言うんだっけ、底冷えとかいう感じ。

「薪《まき》ストーブか」

誠志郎さんがてきぱきと薪をくべて火を熾《おこ》す。初心者でも使えるように説明書みたいなのがあるけど全然見てない。大八木さんたち大丈夫かな。ま、出来なかったらSOSが来るか。

このコテージは二人用ってだけあって、ほんとに小さい。一階にリビング兼ダイニング&キッチン、あとはバストイレがあって、二階は寝室とサンルーム……で、一部吹き抜け。

「この狭さがいいかもしれない」

「そうだな」

キッチンまであわせても十二畳くらいなんじゃないかな。試しに二階に上がってみたら、寝室は六畳くらいで、シングルベッドが二つぴったりくっつけて置いてあって、わりときつきつ。売りになってるサンルームは、ベランダをガラス張りにしましたって程度のものだった。広さもシングルベッドくらいだよ。まぁ二人ならこれでいいのか。寝室から繋がってるから、ガラス戸開けておけばそここそ暖かい……かも？

みんながいる棟のほうを見たら、さすがにもっと広そうだった。定員八名のコテージだもんな。あいだに木があるけど、落葉樹だからなんとか向こうが見える感じ。これ夏だったら完全に目隠しになるかも。

あ、サンルームから宗平がこっちを見てる。手を振ったら振り返してきて、寒いってジェスチャーした。うん、そうだよね。まだ暖房も効《き》いてきてないし。あ、一応ホットカーペットも敷いてあるんだ。まぁ俺らは真面目に観測なんかしないからどうでもいいんだ。天気がよかったら、ちょっと空見て「きれいだねー」って言って終わりだと思う。

一階に戻ると誠志郎さんがコートを渡してきた。そうだった。荷物を置いたら向こうに集合ってことになってたんだ。

隣のコテージまでは、二十メートルくらいかな。二人用とファミリー用は、ちょっと区画が違うんだよね。あいだには道路や木がある。まぁすぐに着くけどね。

「お邪魔しまーす」

鍵はかかってなかったから、ドア開けてなかに入った。うん、やっぱこっちは大きい。でも六人だと広々って感じでもないか。

大八木さんと園田さんが薪ストーブのところで作業してて、ほかのみんなは和室にもう布団を敷いてた。早いって。宗平も下りてきてた。

「なんでもう寝る準備してんの」

「や、交代で寝ようってことになってさ。十時から一時間半ずつ、観測しようってことに」

「本気じゃん……」

だから夜中に観測する組は早めに寝る、ってことか？　うわぁ、俺もやらなきゃダメなのかな、それって。

「あ、こっちの棟だけの話だよ」

大八木さんが振り返った。なんか奮闘の跡が見えるなぁ。説明書を見ながら頑張ってやってたんだろうな。あ、薪ストーブも大きいや。

「檜川はいいから」

「え、いいんですか？」

「だって興味ないでしょ？」

「ないですけど……」

それなら宗平だって興味ないんじゃ……？

どうなの、って意味で宗平を見たら、別に不満はないみたいだった。むしろ妙にわくわくしてるような顔だ。

「ちょっと楽しくなってきちゃってさ。なんつーか、ノリ？　交代制で寝ずの番とか、ちょっと冒険っぽくておもしろそうじゃね？」

「……屋内でも？」

「それはそれ」

よくわかんないけど宗平がいいならいいか。

ちなみに二階はシングルベッド四つが、ちょっとずつ離して置いてあるらしいよ。サンルームは四畳くらいあるって。でも一人ずつ交代なんだよね？　あ、最初はみんなでセッティングがてら観測して、十時から交代？　なるほど。

誠志郎さんは一人でキッチンを見てまわってた。

「こっちのほうが鍋《なべ》もデカいな」

「やっぱりそうなんですね。じゃあ、こっちにして正解だ」

「向こうじゃ狭くて全員で食うのは厳しいぞ」

「そんなに？」

無理すればいけるだろうけど、したくない。だってこっちなら八人分の食器もあるしね。わざわざ運ぶのも面倒じゃん。

「後でそっち行ってもいい？　見てみたい」

「いいよ」

ただし二階には上がらないでもらおうっと。だってベッドがぴったりくっついてるんだよ。いかにもカップル用なんだよ。それ見てからかわれるくらいならいいけど、変な空気になったら嫌じゃん。いっそガッツリ下ネタに走ってくれたほうが俺も対処しやすいんだよね。

「夕食は七時くらいでいいのか？」

「よろしくお願いします」

「簡単なものだぞ」

「十分です」

今晩は鶏の唐揚《からあ》げをメインに炊き込みご飯とけんちん汁、明日の昼はカレーで、夜は鍋らしいよ。

朝は各自適当に。パンとか餅《もち》とかカップ麺《めん》とかもあるから好きにしろってことで。もちろん夜食として食べてもOK。

「手伝いましょうか」

「いや、好きなことをしててくれ」

「えーと、じゃあちょっと散策《さんさく》してきます」

大八木さんがそう言い出すと、すかさず宗平が手を上げた。

「俺も行きまーす」

「え、じゃあ俺も」

って次々と名乗りを上げて、俺まで引っ張り込まれちゃった……。やだなぁ、寒いからあんまり外で歩きたくないんだよね……仕方ないか。歩いてれば少しは温かくなる……はず。

そんなわけで俺たちは誠志郎さんを残してコテージを出ることにした。散策っていっても、ちょっとそこらへんを歩きまわったりするだけ……って思ってたら大間違いだったよ……。

コンパスとか受信機とか持ってるし！　うわ、溝口なんてネットから落としてきた写真付のブログとかSNSとかのページをプリントしたやつ持って来て、同じ場所がないかって探してる。どうしよう、みんなマジすぎる。

思わず宗平を見たら宗平もこっち見て苦笑いしてた。たぶん俺たちいま同じ気持ち。

「大八木さん、楽しそうだな」

こそっと五人から離れて、宗平が言った。

「うん。やっと仲間が出来たって感じ？　むしろさ、どうしていままで作らなかったんだろうって思うよね」

「あーそりゃおまえのためだろ」

「は？」

言われた意味がわからなかった。いや、言葉の意味はわかるよ、けどそれってどういう……？

「だってさ、ただでさえ、電波ホイホイでストーカーに狙《ねら》われやすいのに、サークルなんて立ち上げたらヤバいって思ってたんじゃねーの。神田さんが現れて、これなら大丈夫って踏んだんじゃねーかと俺は思ってる」

「そ……それは考えたこともなかった……」

でもありそうな気がする。大八木さんって、なにも言わないこと多いし、ときどき愉快犯みたいな態度取ることもあるけど、ちゃんと考えてくれてるんだよね。でもって俺とか宗平との付きあいを、すごく大事にしてくれてるんだ、あれでも。

だって俺たち二人とも、大八木さんの趣味は理解してないんだよ？　でも集まったり連絡取りあったりするのって、最優先で俺たちなんだ。

「お礼言うべき？」

「言わないでおくべき」

「そっか」

あらたまって言ったら、きっと「なんのこと？」って、首を傾《かし》げそうな気がした。それも全然不自然じゃない感じで。

うん、普通にしてく。でもこれからちょっとだけ、大八木さんの話に乗っかってみようかな。あ、もちろん外部には漏《も》れない形で。ただでさえ理解があるって誤解されてるのに、拍車《はくしゃ》かけるようなことはしたくないからさ。

それにしても寒くなってきた。ただでさえ寒かったけど、さっきからぐんぐん気温が下がっていってるような気がする。

「なんか寒くなってきたな」

そうそう、やっぱり気のせいじゃなかったんだな。いま何時だろ……あ、四時過ぎてるじゃん。そういえば薄暗くなってきてる。

「戻ろうか」

「はーい」

みんなものすごい早足になってるとこみると寒いんだろうな。コテージからそんな離れてなかったから、五分くらいで戻れたけど。

「ただいまー」

コテージに戻ったら、すごくいい匂いが漂ってきた。出汁《だし》の香りに胃が刺激されて、急に腹減ってきた。

「七時だっけ……」

「おやつ食おうかな」

「俺も」

みんな若いし、腹減るよね。俺のおやつは向こうだった……ショック。そのためにわざわざ戻るのも面倒くさいな。寒いし。

「蒼葉」

「あっ、ドーナツ！」

なんと途中で買ってきた俺のドーナツがこっちにあったよ！　知らないうちに誠志郎さんが持って来てたみたい。

さすが、超出来る男！

尻尾《しっぽ》振ってキッチンに行く俺を、みんなが生温かい目で見てた。ドーナツ受け取って戻ろうとして気付いたよ。

ちょっと恥ずかしい。

「なんつーか……見事に保護者」

「お父さんだ」

「ちょっと違くね？」

「高スペックの旦那となにもできないダメ嫁《よめ》」

「それだ！」

誰だ、ダメ嫁とか言ったヤツ！　園田さんか、そうか。覚えてろ。具体的にはなにも浮かばないけど、後でなにかしてやる。忘れなければ。

まぁね、このくらいじゃ動揺しませんよ。誠志郎さんと一緒にいることが多くなってから、さんざんこの手のことは言われたからね。誠志郎さんの過保護っぷりが、わかる人にはわかるらしくて。学内での噂も一本化されたらしい。俺と誠志郎さんがデキてるって方向でね。

まぁ、別にいいんだ。ネタみたいなもんだから。なかには本気にしてる人もいるらしいけど、害はないから。

「どうせ低スペックだよ」

「うん、ひでぇもんな」

「そうなの？」

「食器は割るわ、手は切るわ、火傷《やけど》するわ、火柱《ひばしら》立てるわ……そのうちなにもさせてもらえなくなったんだよな」

事実だからなにも言えない。別に俺、そそっかしいわけじゃないんだよ。普段は別に、そういうことないし。ただね、テンパっちゃうの。料理しようとか掃除しようとかになるとさ、集中するじゃん。集中するとまわり見えなくなって、ぶつけたり倒したりしてさ、それでパニクってます……ってパターンなの。

反論しても虚《むな》しいから、黙々とドーナツ食べた。途中で誠志郎さんがペットボトルの紅茶まで持って来て、みんながまた感心した。

普通さ、主人と使用人とか、そういう発想にならない？　なんで旦那と嫁なんだろう。やっぱそれっぽい雰囲気が表れちゃったりしてるのかな。

「あ、もう暗くなっちゃった」

「ほんとだ」

「日が落ちるの早いよね。寒いし……なんか、このまま引きこもりたい……」

溝口、心の声が漏れてる。でも同意。薪ストーブさまの威力はすごくて、コテージのなかは天国かってくらい暖かいもん。よく見たら窓とかペアガラスで、ちゃんと断熱効果とか考えられてるんだな、ここ。

自然にみんな薪ストーブの近くに集まってるのはしょうがない。誠志郎さんは夕飯の準備があらかた終わったから、って向こうのコテージに戻っていった。あとは鶏を揚げるだけらしい。

みんなそれぞれ好きなこと始めて、俺はすることなくて暇《ひま》。

一番近くにいた溝口はスマホを覗き込んでる。たぶんゲームかな。

「なんのゲーム？」

「ん？　ああ、グラッドシエル。知ってる？」

「あー……うん。一応、前やってた」

ちょっと遠い目になってしまったのは仕方ない。楽しかったんだけどね、いろいろあってアカウントも消しちゃったんだ。

「いまやってないの？　どこサーバー？　またやろうよー。それで友達登録して。あ、レベルどれくらい？」

「もう消しちゃったから」

「なんで？」

溝口はきょとんとしてる。俺の表情に苦いものが浮かんじゃったからだな。気がつくとほかのみんなもこっちに注目してた。

いやいや、好きなことしてて。お願い。

「あ、例のあれか」

思い出すな、宗平！

「なに？　例のあれって」

食いつくなよ園田さん！

「蒼葉のストーカー伝説トップスリーの一つですよ。ゲーム内で知り合った相手からストーカーされたんです」

「へー」

一日入らないでいると、ゲーム立ち上げたときメッセージが何十通も入ってたりしてね。どうして来ないんだとか、待ってたのにとか、別のアカウントで遊んでるのか、とか。そのうち内容がどんどんヤバくなって、俺もゲームから遠のいちゃって、たまに入ると怒濤《どとう》のメッセージ攻撃で、全体チャットでも俺のこと探してたり……。

で、怖くなってやめちゃったわけだ。

「サーバーどこだったの？」

「メンシス」

「あー、あそこいま過疎《かそ》ってるらしいよ。なんか、ちょっと前に大荒れしたらしくて。ヤバいプレイヤーがゲーム内チャット荒らしまくっ……あ……」

溝口はじっと俺を見た。言いたいことはわかった。

「なんてプレイヤーか知ってる……？」

「確かデウス」

「……ビンゴ」

そいつだよ、そいつ！　もうね、完璧頭おかしかったよ。

最初は普通に親切なやつだったんだよ。でもたとえユーザー名をデウス……ラテン語で神とか付けちゃうような痛々しさがあったとしても、初心者だった俺にいろいろ教えてくれて、一人じゃ無理なイベントとかクリアすんの手伝ってくれてさ。アイテムとかも格安で譲《ゆず》ってくれた。譲渡《じょうと》システムなかったから売るしかなかったんだけど、ゲーム内通貨の最低価格……つまり現実で言えば一円とかで結構な装備とか薬とか売ってくれた。

「まぁでも、ゲームでストーカーってのもたまに聞くよな。パーティー組んでたのか？　ギルドメンバー？」

「グラシエにはそういうシステムないんですよ。基本的にはソロでやるゲームだから」

「ボス戦のときだけ希望者が野良《のら》パーティー組む感じです。あとイベントなんかのときとか。でも大抵その場で結成その場で解散ってパターンが多いんです」

だから特定の相手とプレイするってこともほとんどないはずなんだ。もちろん作りたい人はチームとか作れたけど、俺は入ってなかったたし。

だからたまたまなんだよね。デウスってやつは初心者にいろいろ教えたりすんのが好きらしくて、俺以外にも初心者のサポートして、相手が慣れてきたら独立させる、みたいな。だから前はそういうプレイヤーとして認識されてたみたいなのに、俺のときに変わっちゃったんだよ。

なんて事情を宗平がみんなに説明した。リアルタイムで知ってるからね、宗平は。いろいろ相談もしたし。

「すげぇな、ただのお節介《せっかい》プレイヤーをストーカーに変化させたのか」

「俺のせいじゃないですーっ」

「いやぁ……ここまで来ると、檜川がなにかそういうモノを発生させてるとしか……」

ひどいよ園田先輩。ほかの先輩たちも頷くなよ！　だって俺、なにもしてないよ？　直接会ったわけでもないんだよ？　普通に挨拶して、なにかしてくれたら礼とか言って……多少は雑談もしたけど、個人情報に関するようなことはなにも言わなかったんだ。デウスがおかしくなり始めてから、俺のこと女って勘違いしてるのかと思って、男だって言ったくらいで。

「まぁ、男だって主張しても、向こうは信じてなかったのかもな」

「自分のこと遠ざけるため、って取られたらしょうがないもんな」

「でもさ、いくら女だって思い込んでたとしても、顔も年もわかんないのに、なんで粘着するかねぇ。わかんねぇよなぁ……」

「俺もそう思います」

心の底から同意するよ。デウスの年も性別も不明だけどさ、もし俺が母親くらいの年だったらどうすんだよ。

みんなの心が一つになったとき、大八木さんが「んー」って声を出した。

「どんなアバターだったの？　もしかして女の子使ってた？」

「使ってましたけど、細かいグラフィックじゃないですよ」

「こんな感じ」

溝口が自分のスマホ画面をみんなに見せた。ほら、溝口だって女の子使ってるじゃん。可愛いけど四頭身くらいだしアップもないし、顔のパターンだって五種類くらいで自由度低いしさ、髪型だってそれくらいだった。だからアバターが相手に与える影響なんてないと思うんだ。

それは大八木さんも思ったみたいだった。

「影響は小さそうだね。だとしたら言動ってことになるよね」

「でも普通でしたよ？」

「やっぱネット回線を通しても檜川ウイルスは有効なんだよ」

「ひどい……！」

ウイルスはないだろ、ウイルスは。フェロモンも大概《たいがい》だけど、ウイルス扱いよりはずっとマシなような気がしてきた。

ああ、でも久々に思い出したな。デウスか……。あれは理解出来ないやつトップスリー入っているよ。戸部も入ってるけど、理解不能度合いでは張ってるかな。前世がどうのは意味不明だけど、戸部の場合は直接顔あわせてるからね。でもデウスは俺の顔も本名も年も知らないんだよ。極端な話、性別だって本当はどっちかわからない相手なのに、どうしてあそこまで執着したのか心底わからない。わからないから怖い。

「それにしても溝口もよく知ってたな」

「運営からアカウント停止くらって、明けてからもまた繰り返してとうとう強制退会くらったって有名なやつなんですよ」

「うへぇ……」

「過疎ったのもそのせいで、かなりの数が別のサーバーに逃げちゃったらしいです。残ってるのは初期からやってるやつらがほとんどじゃないかなぁ」

どれだけ暴れたんだよ。っていうか、暴れたってことは、俺のユーザーネームを書き込んでた可能性もあるわけだよな。もう消しちゃったし、別に本名使ってたわけじゃないからいいけど……いや、やっぱりちょっと恥ずかしい。

「溝口のとこは平和なのか？」

「まぁ、そこそこ。僕はアストラサーバーなんだけどね。定期的に変なのが湧《わ》くのは、まぁこの手のゲームにはつきものだし」

「まぁね」

あのゲームにはプレイヤーキルとかないしね。ボス倒したときに落とすアイテムの配分とかで多少は不満が出たりもするけど、基本的にはランダムだからそれほど大もめすることもない。戦闘に参加しなかったやつがシステムの都合で持って行ったときに、寄生だなんだってチャットで愚痴《ぐち》るやつがいる程度だったかな。名指しとかメッセージで直接なにか言うってこともほぼなかったらしいし、ほんとにのんびりしたゲームだったんだよ。いまはそれが戻ったらしくて、ちょっとほっとした。

溝口はそんな俺をじっと見てた。「無理？」って尋ねられてるんだな、これ。

「ごめん。ちょっと戻る気はないかな」

「そっか。だよねー。ゲームはほかにもいっぱいあるしね……って、なにかやってるのある？」

「いまはないなぁ。あのときはさ、受験終わって、暇だったからたまたま始めただけだし」

それと、母さんが行っちゃって寂しかった、ってのもあったと思う。さすがにみんなには言えないけどさ。

もともとゲームってそんなにやるほうじゃないんだよね。特にオンラインは。どっちかっていうと、一人でコツコツやるオフラインのほうが好きだった。下手だから誰かと対戦とか嫌だし、ネット上とはいえ、いろんな人と関わるのは避けたいし。

溝口は少ししょんぼりして、でもすぐ立ち直って先輩たちを誘ってた。招待コード送って相手がゲームに登録すると、アイテムがもらえるらしい。

「それにしてもテレビがないとは思わんかった……」

「星見ろってことじゃないの」

宗平も暇を持てあましてる。どうするのかと思ったら二階で寝るって言い出して行っちゃったよ。自由だな。

「うーん、今夜は曇りみたいだね。雨は大丈夫みたいだけど」

パソコンを開いてた大八木さんは満足そうで、よしよしって呟《つぶや》いてる。デウスの話のあいだ、ずっと黙ってたなって思ったら、マイペースに調べものしてたらしい。通常運転だな。宗平以上にマイペースでなにより。

「星は無理ですね」

「ＵＦＯは関係ないからいいんじゃない？　流れ星と間違えることもなくて、かえっていいかもしれない」

でも出るかどうかもわからない……いやあえて言うけど、出もしないＵＦＯを待って一晩中、曇った空を見てるのって、どんな苦行だ。罰ゲームじゃん。せめて星がきれいなら、一時間半くらいは見てられそうなのに。

溝口あたりなんかずっとゲームしてそうな気がするけどね。ＵＦＯも好きみたいだけど、ゲームのほうが好きそう。

いろいろ疑問とか心配を抱えてる俺の前で、みんなはシフトを決め始めた。宗平は呼んでも下りてこなかったから、余ったところに入れることになってた。っていうか、もう寝ちゃったのか。寝付きよすぎるだろ。

わりとすんなり順番が決まって、紙に書き終わった頃に、誠志郎さんが戻ってきた。もうそんな時間なのか、早いな。

宗平は唐揚げの匂いが充満した頃に呼んでもいないのに下りてきた。でもって、誰よりも多く食べてた。

俺と誠志郎さんが自分たちのコテージに戻ったのは十時ちょっと前。一応合宿メンバーなんだし、早々に自分たちのコテージに引きこもるのもなんだし……って思ってたら、そんな時間になってしまった。

もう超寒くて、半泣きになっちゃったよ。氷点下まではいってないらしいけど、体感温度が低い。夕方とは比べものになんない。風も強くなってて、顔が痛いくらいで、大した距離じゃないのにきつかった。

あやうく誠志郎さんにしがみつきそうになって、窓から誰かが見てたらって思ってやめた。

「寒いーっ。けど、こっち暖かいーっ」

薪ストーブ万歳《ばんざい》。コテージのなかはぬくぬくでした。しかも風呂が沸《わ》いてるって、ほんとに至れり尽くせり。

風呂は普通のユニットバス、しかも小さめでちょっとがっかり。温泉とか露天風呂とかいう贅沢《ぜいたく》は言わないから、もう少し雰囲気が欲しかった。

ほかほかに温まって出た俺は、フリースのパジャマを着てストーブの前を陣取った。上は前ボタンでちょっと丈が長めのやつ。暖かいからお気に入りだ。

で、いまは誠志郎さんが風呂を使ってる。

さすがに一緒に入る広さじゃなかったよ。いや、入れるけど無理して入ることもないっていうか。

薪が爆《は》ぜる音を聞きながらうとうとしてるうちに、誠志郎さんがドライヤー片手に出てきた。それで俺の濡れた髪を乾かし終わった頃には、十一時になってた。

「一応、観測してみる？」

「そうだな」

曇り空なんて見ても苦痛なだけだし、俺たちは免除されてるようなものなんだけど、一応合宿なんだから観測しましたよっていう事実は作っておくかな。一時間くらいでいいよね？　みんなだって受け持ち時間は一時間半なんだし。

バッグから着る毛布ってやつを引っ張り出してきて、装備。や、気分的には着用っていうよりも装備だよ。

「おー、暖かい」

「可愛いな」

「は？」

まただよ。誠志郎さんって、俺の全部が可愛いんじゃないだろうか。だって毛布被ってるだけなんだよ？

茶色の毛布は着てみると裾が引きずるほど長いけど、マントっていうよりはてるてる坊主みたいな感じだ。茶色のてるてる坊主。それがツボなのかな。よくわからない。

ずるずる裾を引きずりながら二階に上がって、ベッドに腰かけて待ってると、誠志郎さんが保温カップに入れたお茶とか夜食が載った皿を持って来た。夜食はクラッカーとチーズと、あとディップみたいのがいくつか、って感じ。

パチン、って音がして誠志郎さんが明かりを消した。

「うわ、真っ暗……」

最初はなにも見えなかったんだけど、少し目が慣れてきたら、少しだけ見えるようになった。で、サンルームに移動した。もちろんカーペットはスイッチオン。

おかげで思ったより寒くなかった。

「うん……星なんて一つも見えない」

見事な曇り空らしい。雲が空全体に広がってるのか、切れ間とかもなさそう。せめて明日は晴れてくれるといいな。俺はいいけど、みんなが可哀想だ。

一時間が限度だよ、これ。適当に夜食摘《つ》まんでお茶飲んで、終わりにしよう。

「風はやんだみたいだな」

「あ、そう言えば」

ぴょーぴょー聞こえてた音がもうしない。

明かりと言えば、みんながいる向かいのコテージの光と、道に沿ってぽつんぽつんと置かれてるライトくらいだ。

「思ったより見えないんだね」

枝のあいだから向こうのサンルームが見えるはずなんだけど、さっきからちらちら小さい明かりが動いてるくらいで、人の姿みたいのは見えない。だったらこっちも見えないってことだよね。

と思ってたら、後ろから誠志郎さんに抱きしめられた。

「ちょっ……」

「どうせ見えねぇし、くっついてたほうが暖かいだろ」

「う……うん」

もともと寒くはなかったけど、くっつくのは好きだから賛成。誠志郎さんの腕と毛布のおかげで超暖かくなった。

上を向いても、なにも見えない。たぶん雲が流れてるんだろうな、ってくらいで。

「暇だねー。あ、誠志郎さんは早く寝なくていいの？　運転してたし、料理もしたし、疲れてんじゃない？」

「あれくらい、どうってこともない」

「なら、いいけど」

まぁ、体力ありますからねー。俺が身をもって知ってるよ。ほんと、朝から晩までよく働くのに、俺とセックスする体力までちゃんとあるんだからすごい。

「え……」

ちょっ、もぞもぞすると思ったら、手が入ってきてるし！　毛布着てるって言っても重なったところから手なんか入り放題なんだ……けど……。

「ぁんっ」

腹とか触られてるうちはなんとか我慢出来たけど、乳首触られたらもうダメだ。軽くきゅっとされただけで声が出る。

こんな場所なのに！

「やっ……ダメ、だって……」

「どうせ見えない」

「そう、だけどっ……んんっ……」

ダメだ全然引く気ないよ、この人！　話してるあいだも耳噛《か》むし、舌入れようとしてくるし、両手でイタズラしてくるし！

もっとダメなのは俺の身体《からだ》のほうだ。身体撫でられて乳首摘まれて、耳のなかにぞろりと舌が入ってきたら、もう身体の芯が熱くなって奥が疼《うず》き始めちゃってる。

こんなところで、って思うのに、もっとして欲しくてたまんなくなってる。

自然に脚《あし》が開いてた。毛布のなかだから、ガラス張りのこんな場所でも大胆になれた。

「やぁっ、ん」

後ろ撫でられて、軽く押し込むみたいにして揉まれて、そこんとこがじわっと濡《ぬ》れたような錯覚が起きた。もちろん錯覚なんだけど。

ふと手を止めた誠志郎さんが、今度は俺を振り返らせて唇を塞《ふさ》ぐ。

キスは大好き。気持ちいいって以上に幸せな気分になれるのがいい。あとディープキスはものすごく、やらしー気分になる。

キスしながら向かいあわせになって、毛布着たまま下を全部脱がされた。もちろん協力したよ。あと前開きのフリースのボタンも外されちゃって、気がついたら毛布のなかですっぽんぽんだった。

ちょっとこれ、変質者みたいじゃない？　見てるの誠志郎さんだけだからいいか。

相変わらずキスはしたまんま。頭のなかが蕩《とろ》けてきて、両腕で誠志郎さんの首に抱きつきながら、俺からも舌を動かした。

「んっ、ふ……ぁ……」

上手《うま》くはないけど、少しは慣れたよ。

誠志郎さんは眼鏡もなくて、風呂上がりだからさっきまでとは印象が違う。これは誰にも見せたくないな。セクシーすぎるもん。堅そうだから嫌とか真面目すぎて無理とか言ってる女とかが、絶対目の色変えちゃうって。

「ひゃっ、あ……！」

後ろになんか塗られて、変な声が出た。冷たくてびっくりして……なにこれ、なんかベトッとしてない？

「やっ、ん……なに……？」

「ハチミツ」

「え……」

よく見えないけど、皿の上にはディップとかのほかにハチミツもあったらしい。まさかと思うけど、このためにあえてラインナップに加えた、とかないよね？　ありそうな気がする。真面目なのは嘘じゃないけど、堅いってのは間違いで、誠志郎さんって相当えっちだもん。エロのために、しれっとした顔で用意しとくくらいするよ。

そんな誠志郎さんも込みで大好きなんだけどね。

って俺も相当はまっちゃってるよなあ。

「あとで舐めるときに甘そうだな」

「ぁあっん」

ベタベタするハチミツを塗られて、指を差し込まれた。

ヤバい、もう気持ちいい。入り口付近はもともと神経が集まってて敏感らしいから、感じるのは当然だって言うけど、それにしたって感じすぎる。指を出し入れされたら、もう声だって止まんなくなっちゃうし。

もうね、アンアン言う自分にも慣れちゃってる。最初の頃は冷静になったときにキモいって思ったりもしたけど、誠志郎さんが可愛いって言うから、まぁいいかなって気になった。それに声出してると、俺自身も盛り上がってくるから、余計気持ちよくなる。

気分が乗るって大事。だってどうせだったら、より気持ちよくなりたいもん。

「ああっ、そこ……そこダメ……！」

嘘、ダメじゃない、もっと触って欲しい。俺の一番弱いとこ突かれたら、もう理性なんてあっけなく飛んでしまう。

もちろん誠志郎さんはちゃんとわかってて、もっといっぱい弄《いじ》ってくれる。ぐりぐりってされるたびに、腰が跳ねて声が止まんなくなる。

指が増えて、あっという間に三本になった。

くちゅり、って指がいやらしい音を立てて動くたびに、俺は気持ち良くてたまんなくて泣くようにして喘ぎ続ける。

ああ、もう脳みそ溶けそう。

「いく、いっちゃ……う、ぁあっ……！」

仰《の》け反った俺の喉に、誠志郎さんが噛みつくようなキスをした。ああ、痕《あと》つくな。明日はタートル着なきゃ。

指でいかされた後、ぐったりした俺をたくましい腕が支えてくれる。

そう、着痩せするんだよ誠志郎さん。でも鍛《きた》えてるから脱いだらすごいんだ。大学で着替えてるときに目撃したやつらが騒いだくらい。

今日はきれいな身体を晒すこともないままで、ちょっと残念。誠志郎さんの身体、好きなんだよね。すげーきれいなんだもん。筋肉フェチじゃなくても、うっとりする身体だよ。

俺なんてもう、みすぼらしいの一言ですし。誠志郎さんはきれいだって言ってくれるけどさ、絶対俺なんかより誠志郎さんのほうがきれいだって。そもそも比べものにならないし。同じ男なのに別もんだから。

寒くならないようにって考えてくれてるのか、毛布はそのままで、俺はカーペットの上に横たえられる。

脚を抱えられて、とろとろに解れたとこに舌を寄せられた。

「う、んぁっ……」

「甘いな……」

くすっと笑うなってば。当たり前だよ、ハチミツ塗り込めたんだから！　なのに、なんか俺自身が甘いって言われたみたいな気がして、深いところがきゅんってなった。ヤバい、俺の乙女化が止まらないんだけど、どうしてくれよう。

あんまり舐めると取れちゃうからって、誠志郎さんはわりとすぐに舌での愛撫をやめた。って言ってもしっかり舌先入れられて、ぐりぐりされた。

舐められるのはやっぱり恥ずかしいけど気持ちいい。まぁ誠志郎さんにされることで嫌なことなんて、まずないんだけどさ。

それから臨戦態勢の誠志郎さんのものが宛《あ》てがわれて、ゆっくり入って来た。

「あ、あっ……」

気持ちいいばっかりで、苦しさとか痛さなんて感じない。どうやったら楽に受け入れられるか、身体で覚えちゃったってのもあるし、快感が勝《まさ》ってるってのもあると思う。

深いとこまで収まりきると、合図のようにキスしてくれる。

だから俺も、いいよって意味で首に手をまわしてキスに応《こた》えるんだ。

角度を変えて、何回も唇を結びあう。

舌先を吸われて、弄られてた乳首もきゅってつまみ上げられて、俺の後ろは誠志郎さんを締め付けた。そういう身体にされてしまったんだ。

「んぅ……っ、は……ぁあっ……！」

キスが終わると同時に誠志郎さんが動き出して、俺はすぐに気持ちよくなって喘いでしまう。

いまじゃもう前より後ろのほうが気持ちよくなってしまった。そんな自分に多少は思うところもあったよ。男としてどうなのって。けど、誠志郎さんが好きで、この人に抱かれたいって心だけじゃなくて身体まで願っちゃうんだからもう諦めるしかない。

「お、く……奥、もっと突いて……っ」

いつもみたいにわけわかんなくなって、俺は夢中になって誠志郎さんにしがみついて乱れた。と思う。や、自分じゃよくわからないからさ。

だって気持ちがよくて、もうなにも考えられない。

「ああっ……い、いいっ……あ、やっ……あん、あぁんっ」

自分からも腰振って、快感に身を任せて……。

ぎゅっと抱きしめられながら深々と突き上げられて俺は弓なりに仰け反りながらイッてしまった。

その後を追うように誠志郎さんが俺のなかで弾《はじ》けて、熱い……ような気がする飛沫が深いとこまで満たしてくれた。

　これで終わりじゃないってのはわかってる。だってまだ誠志郎さんが俺んなかで勢いなくしてないんだもん。

　抱き起こされて、対面座位の形でまたキスをして、今度はゆっくり突き上げられる。俺は身体の力が抜けちゃって、自分ではあんまり動けなかった。

　なかに出したものをかき混ぜるみたいにして動かされて、そこの部分から自分が溶けちゃうんじゃないかって思った。

　じっくり、ゆっくり、誠志郎さんは俺を責めてく。

　それでも俺はまたあっという間に登り詰めて、また絶頂を迎えた。

「あっ、あ……あぁぁ……っ！」

　抱きしめられた腕のなかでイッて、俺は今度こそ全身から力という力が抜けてしまった。というか半分、意識飛んでる。

「っぁん……」

　誠志郎さんのものが引き抜かれて、俺は毛布に包まれたまま横抱きに抱き上げられた。ゆらゆら揺れる感じが心地いい。

　寝室のベッドに下ろされて、ようやく毛布が取り去られた。カーテンを引いた室内は暗くて暖かかった。

「もう少し、付きあえ」

「はぁ……っ、ん」

場所がベッドだからか、続きは今日一で激しかった。

気持ちよすぎて泣き出しちゃうのは、わりと珍しくない。ひんひん言いながら追い上げられて、また俺だけイカされて……。

イクたびに敏感になるの、どうにかならないかなぁ。

最後はもうなにがなんだかわかんないくらいに感じて、よがりまくって、何度目かの絶頂の途中でたぶん意識がなくなった。


さすがに二回で終わってくれたから、俺の目覚めもわりと爽やかだった。や、いつも一回じゃ終わらない人だからさ、俺も慣れちゃってて。

「あ、なんか昨日より暖かい？」

「そうらしい。予報では夜までずっと晴れらしいぞ。今日は星が見えるかもしれないな」

「ちょっと楽しみ」

売りになってるくらい見えるって言うし、興味はあるよね。熱心に観測するほどじゃなくても、見るくらいはしてみたいって思う。

あ、でも今日はいやらしいことなしでお願いします。するならベッドで。や、しないとは言わないから。

誠志郎さんが用意してくれた朝ご飯を食べて、十時頃に向かいのコテージに行った。

ノックしたら、すぐ大八木さんが開けてくれた。まだ寝てるのが二人いるらしい。宗平と溝口の一年生コンビだ。宗平は四時からの観測だったから、終わってすぐにまた寝たらしい。溝口は自分の番が終わった後、三時過ぎまでスマホに齧《かじ》り付いてたせいだとか。ゲームかな、それとも小説読んでたのかな。

「どうだったんですか？」

「まぁ、そう簡単には出ないよね」

「ですよね。俺たちもちょっとだけ見てたんですけど……」

ほんとにちょっとだけだった。一時間くらいって思ってたのに誠志郎さんが手出ししてきたからさ、結局見てたのなんか十分もなかったんだ。さすがにそんなこと言えるわけない。

大八木さんは意外そうな顔をした。

「見てたんだ？」

「いや、まぁ一応……合宿に参加してる身だし、と思って」

「律儀《りちぎ》だね。昨日なんか星も出てなくて、つまんなかったでしょ」

「はい」

でも別のことで盛り上がっちゃったから、関係なくなってしまったんです。って心のなかでのみ続けてみた。

「何時頃見てたの？」

「えーと十一時すぎ……？」

「ああ、それじゃ僕と溝口のときとかぶってたのかな」

「そっか。先輩が一番目だったっけ」

自分に関係ないから忘れてたけど、確かそういう順番だったよね。ってことは、俺たちがやってるときは、ほとんど溝口だったわけか。

「……溝口、ちゃんと観測してたのかな」

「たぶんゲームやってたと思うよ。で、ときどき申し訳程度に空を見上げてたんじゃないかな、と思ってる」

大八木さんは特に気にしてなさそうだった。真面目に観測しろ、とは思ってないらしい。自分の考えとかしたいこととか、他人には強要しないんだよね、この人。そもそもどこまでＵＦＯとか信じてるのかわかんないからな。

誠志郎さんは挨拶だけして、すでにキッチンでカレーの仕込みに入ってる。多めに作って、ランチの後も好きなときに食べられるようにするらしい。

美味《おい》しいんだよ、誠志郎さんのカレー。手羽元《てばもと》使うんだけど、ほろほろーっと肉が骨から外れて超柔らかいの。

あ、思い出したら涎《よだれ》が。

「昼間、なにしようかって話になってたんだ。今日は昼間は暖かいらしいから」

「ってことは夜は寒いんですか？」

「うん。昨日よりね。ほら、夜もずっと晴れてるわけだから放射冷却で」

「あー……」

ってことは晩ご飯食べた後の移動がまたきついわけか。いや大した距離じゃないのになに甘いことを、って思われそうだけど、ほんとに寒かったんだよ。あ、でも風がなければまだマシなのかな。風吹いてないといいな。

「っていうか昼間は観測しなくてもいいんですか？」

星と違って、ＵＦＯって昼とか夜とか関係ないよね？

大八木さんはなんだかとっても曖昧《あいまい》に笑った。

「いいよ、ずっと観測なんて疲れるでしょ」

あれ、なんか「どうせ出ないし」っていう声が聞こえたよ。副音声かな？　ほかのみんなには聞こえないように言ったの？

じっと見つめたら、ものすごく意味ありげな顔されて思わず目を逸《そ》らした。

うん、聞かなかったことにします。

「そろそろ二人を起こそうか」

「あ、じゃあ行ってくるよ」

二人とも上のベッドで寝てるらしい。起こしに行った園田さんはすぐ戻って来たけど、肝心《かんじん》の二人が下りてこない。

宗平はわりとすぐ起きたらしいので、後のことは任せてきたんだって。溝口、揺すっても抓《つね》っても起きなかったって。

五分くらいして、ようやく宗平に連れられて溝口が下りてきた。目が半分しか開いてないじゃん。きっと半分寝てるな。

「あれ、蒼葉。早いじゃん」

「宗平が遅いんだよ」

「そっか？　あー腹減ったぁ……」

「昨日買ったパンがあったじゃん」

「あーうん。食う」

眠そうだけど宗平は大丈夫だな。溝口は薪ストーブの前でまた寝そうだけど、みんなが放置してるから俺も放っとこう。手にはしっかりスマホ持ってるし。

結局、みんなでだらだら昼まで過ごしちゃって、カレー食べた後もなにするってわけでもなくしゃべってた。午後は誠志郎さんが車を出してくれて、ちょっと外まで行って土産《みやげ》買ったり飲みもの買ったりして、日が落ちる前に戻った。

カレーもだけど、晩ご飯の鍋も美味しかった。

あとね、星が超きれいだった。三十分くらい見て、気がすんで寝室に戻って、後はもうおきまりのコース。

お願いだから三回以上はやめてって頼んだら、その分二回目が異様に長くて声がかれるまで喘がされたよ。誠志郎さん、自分がイキそうになると止まって、そのあいだは手とか口とかフルに使って俺のこと気持ちよくさせて、また頃合い見て俺のなか抉《えぐ》って……みたいな感じで、俺だけ何回もイカされたんだよ。

おかげでみんなに「風邪《かぜ》ひいたの」って心配された。声がかれてるだけじゃなくて、かなり怠《だる》そうにしてたし。

まぁそんなこんなで無事に合宿は終わったんだ。

収穫？　うーん……誠志郎さんのハイスペックぶりを、みんなが実感してくれたことかな。

あけましておめでとう。

「今年もよろしくお願いします」

俺はおせち料理と誠志郎さんを前にして頭を下げた。ってもう昼過ぎてるんだけどね。だって起きたの、つい一時間前なんだもん。

うん、寝たのが遅くてさ。明け方でしたよ。俺と誠志郎さんのことだから簡単に想像つくよね。そう、セックスしながら年越しちゃったんです。

ちょっと前まで想像したこともなかったよ。合体しながら年越すなんてさ。

しかも年越すと同時に父さんから電話がかかってきて、身体繋がったまま話すはめになるなんて！

死ぬほど恥ずかしかった。親に喘ぎ声なんて聞かせたくなかったから、誠志郎さんが動こうとするのを必死で止めて、でも止めきれなくて、すぐバレちゃった……。いやでも変な声は出さなかったよ。そこは頑張ったから。うっ、とか、んっ、とかいうのは聞こえちゃったらしいけどさ。

まぁあんな人だから、そうかそうかって感じですんじゃった。父さんの価値観だと、誠志郎さんくらい若いなら毎日だろうが複数回だろうが当然、ってことみたい。年越しえっち上等、ってどんな親だよ。むしろわかってて電話してきたんじゃないの、って思った。

「初詣《はつもうで》行くよね？」

「蒼葉が行くなら」

「行くよ。毎年行ってるし」

ずっと父さんと一緒に行ってたけど、今年は誠志郎さんとだ。違う、今年から、だ。引っ越したけど、行く場所は変えないよ。

二人でおせちを食べた後、ゆっくり休んでから初詣に出かけることにした。あ、スマホにあけおめメッセージがいくつも入ってたから返信して、宗平から初詣行くけどどうするって聞かれたから、誠志郎さんといつものとこに行くって答えといた。なんか宗平は大八木さんや溝口たちと行くみたい。そっちも楽しそう。

家からお寺までは電車を使った。車はね、さすがに停めるとこがないだろうから。

下りた駅から出ると、結構すごい人で、正月気分もだんだん盛り上がってきた。っていうか今年は人が多い気がする。テレビかなにかでやってたのかな。パワースポットとか言われてるって聞いたことあるし。

「賑わってるな」

「去年までは、これほどじゃなかったよ」

出店がいっぱいなのは相変わらずだけどね。帰りにリンゴ飴《あめ》買おうかな。クレープもいいかもしれない。

きょろきょろしながら歩いたら、誠志郎さんが俺にフードを被せて、手をつかんできた。

えええっ、恋人繋ぎ！　真っ昼間だよ！　クリスマスのときみたいに暗くないのに……っ。

「ちょっと下向いてろ」

そうだ、うん。言われた通りすぐに下を向いた。これだけで大丈夫ってのもどうかと思うけど、実際いけそうな気がする。手繋ぎカップルはほかにもいるだろうから、俺たちだけが悪目立ちするってこともないよ、きっと。誠志郎さんは背が高くて格好いいけど、派手ってわけでもないし。

「……」

その誠志郎さんは、なにか気になることでもあったのか、歩きながら視線をどこかへやってた。なんだろう。

「どうしたの？」

「いや、なんでもない」

「絶対なんでもなくないよね？」

顔は上げないようにしてしゃべる。人混みだから聞き取りづらいかもしれないけど、手を繋いだままだから仕方なかった。

誠志郎さんは、小さく溜め息をついた。

「こっちを見てたやつがいた気がしたんだ」

「え？」

「よくあることだから、気にするな」

確かによくあるだろうけど、だったらさっきの反応はなんで？　普段とは違うって感じたから、あんな反応だったんじゃないの？

聞きたいことは呑《の》み込んだ。誠志郎さんが言わないのは、俺に言う必要がないか、まだ確信に至ってないから、だと思うから。

それからは会話もなく、二人して黙ってお参りをした。

結構並んで……っていうか、前が詰まってるっていうか渋滞っていうか、まぁそんな感じで、賽銭《さいせん》箱の前まで行くのにかなりかかった。

願いごとはもちろん、誠志郎さんとずっといられますように。母さんが幸せでありますように。ついで父さんの無事を、ちょっとだけ。百円入れたお賽銭の十円分くらい。あの人はなにがあっても大丈夫だと思うんだ。

誠志郎さんが、なぜか帰りはタクシーを使うって言うから、言われた通りにした。やっぱり普段の視線とは違ったたってことだよね。やだなぁ、正月早々。一年の計は元日にあり、とか言うじゃん。

「大丈夫だ」

繋いだままの手をぎゅっと握られた。俺の不安をやわらげようとしてるみたいだ。

「……うん」

そうだよね、なにがあったって誠志郎さんがいてくれる。ちょっと煩《わずら》わしいことがあったとしても、ヤバいことには絶対ならない。

誠志郎さんがいるってだけで安心出来るんだからすごいよ。

早く家に着かないかな。いますぐ抱きついて、ぎゅっと抱きしめて欲しい気分。さすがにタクシーのなかでは無理だ。

どうしよう、無理って思ったら、余計に欲求高まってきた。

そんな俺が、家についてすぐ誠志郎さんに抱きついたのは言うまでもない。その流れでキスになって、セックスまで雪崩《なだ》れ込んじゃったのも言うまでもない。

特に予定もなかった俺たちは、そのまま正月のあいだ中、ずっと人には言えないような爛《ただ》れた生活を送ったのだった。

浮かれた、っていうか爛れた正月が明けて、普段通りの生活が戻って来た。

十日ぶりくらいに会う宗平は相変わらず元気で、初詣の願いごとは「彼女出来ますように」だったことまで話してくれた。

「あけましておめでとう」

「今年もよろしくー」

教室で会った溝口にも挨拶。なんでか知らないけど浮かれてる。

「いいことでもあった？」

「え？　あ、うーん……ありそう？　っていうか、あったらいいなーくらいかな。あっ、でも見て見て。ランキング！」

　グラッドシエルのゲーム画面が突き出された。年末年始のうちにハイランカーの仲間入りするようになったのか。どれだけやり込んだんだ。っていうか課金しまくったな。

「檜川は？　正月なにしてたの？」

「なにって……寝正月？」

　ただし「寝」の部分がセックスの意味ですけども。

「ふーん。神田さんも？」

「まぁ……うん」

　サークルのみんなは俺たちが同居してること知ってるから、聞かれるのは当然だ。もちろん口止めはしてあるよ。

「あ、年賀状届いた？」

「届いた届いた。こっちはメールでごめん」

「全然いいよー。あれは僕の趣味だから」

　溝口の年賀状は満天の星空の写真だった。毎年、自分で撮《と》った出来のいい写真を見せびらかしたくて作るらしい。今回の写真はもちろん合宿のときに撮ったものだった。スマホでも結構きれいに撮れるんだなって感心しちゃったよ。

年が明けても宗平はなるべく俺のそばにいようとしてくれた。戸部の驚異は去ったけど、俺の場合は次から次へと湧いてくる可能性があるからだって。

久々の授業に疲れて一日が終わって、宗平と大学を後にする。今日は誠志郎さんは忙しくて、帰りは遅くなるみたいだ。誠志郎さんだって大学生だからね。本分は学業です。

「んじゃまた明日ー」

駅の近くで宗平と別れて、途中で飲みもの買ってマンションに到着。エントランスのロック外して入るとき、高校生っぽい制服着た男が俺の後に続いた。

あんまりここの住人に会うことってないから、ちょっと驚いちゃったよ。ここってセカンドハウスにしてる人が多いんだって。外資系のビジネスマンとかがこっちに来たときだけ使うとか、投資用に買って、貸さないで定期的に清掃だけ入れてるとか、そんな感じ。

エレベーターに一緒に乗ることになって、緊張した。高校生は俺と同じ階のボタンを押した。マジか。同じ階の住人だったんだ。

挨拶したほうがいい？　いやでも、いまさら感が……。そうだ、エレベーター降りてそれぞれの家に、ってタイミングで軽く頭でも下げとこう。

あ、この制服ってあれだ。開瑛《かいえい》高校のじゃん！　東大合格率のトップを争ってるっていう。うわー、頭いいんだ。

しかもデカい。俺より十センチは高いし、がっしりしてる。イメージ的にはラグビーとか格闘技とかしてそうな感じ。そこそこイケメンだし……あ、そこそこだよ。誠志郎さんには全然及ばないし、タイプが全然違うから。

でもまぁ、羨《うらや》ましいとは思う。頭いいし顔もまぁいいし背も高いなんてさ。

向こうもちょっと緊張してるのかな。空気がなんかそうなってる。エレベーターのなかで知らない人と二人っきりになったら当然か。

十四階に着いて、俺が先に降りる。高校生が後に続いて、エレベーターのドアが閉まった。

鍵を取り出して自分の家の前まで来たとき、ぞくっと寒気がした。

「アオイ……」

「え……」

次の瞬間俺は後ろから抱きしめられて、耳元では覚えのある名前が囁《ささや》かれてた。

いま、アオイ、って……。

「やっと会えた」

な、なに？　なんで？　その名前、なんで……。

混乱して考えが纏《まと》まらない。アオイっていうのは、俺と母さんの名前……蒼子《そうこ》から取った、あのゲームでの俺のユーザーネームで、もう消しちゃったやつで……。

「だ……れ……」

わかってる、本当はわかってるけど、聞かずにはいられなかった。

顔も年も性別もわからない。もちろん声だって聞いたことない。でもわかっちゃったんだ。苦しそうに切《せつ》なそうに「アオイ」って呼ぶやつなんて、一人しかいない。

「デウス」

「やっ……」

やっぱり、あいつだ。

我に返ってもがいても、相手の力が強くて振りほどけない。誠志郎さんが教えてくれた護身術も冷静じゃなきゃ役に立たないんだって知った。だって頭にそんなの浮かんでこなかった。逃げなきゃ、って、そればっか考えてた。

ネットであれだけ俺に執着してたんだ。正体が俺だって知って、男だってわかって顔も見て、それでもこんなふうにしてくるんだから、ネットのときと同じくらい……いや、もっと強く執着を見せるかもしれない。

「ん、んんっ」

叫ぼうとしたら口を塞がれて、持ってた鍵を取り上げられて、抱きかかえられたまま自宅に連れ込まれた。

抵抗はしたよ。でも相手の力が信じられないほど強くて、どうにもならなかった。見た目以上に力の差があった。

ヤバいヤバい。これって北里とか戸部のパターンじゃや？

情けないけど身体が震えてくる。北里のせいだよ。自分でも気付かなかったけど、あれがトラウマになってるっぽい。

「アオイ、震えてんのか？」

そうだよ、当たり前だろ。いきなりこんなことされて怖くないはずないじゃんか！　しかも俺に粘着してたやつだよ！

なんとかして誠志郎さんに知らせなきゃ。

「なんで怖がんだよ。話したいだけなんだよ」

ああ、もう知ってるよこの手のパターン。相手の気持ちが全然わからないんだ。わかろうとしないんだよ。自分の気持ちしか主張しないんだ。

俺は嫌ってほど知ってる。みんなそうやって自分の気持ちとか欲望だけ押しつけて、俺のことなんてどうでもいいんだって。

ずるずる引きずられてリビングまで連れて来られた。そうして投げ出すみたいにしてソファに放られて、上からのしかかられる。

話すのにこんな体勢になる必要なんてない。知ってる、わかってるよ。だってこいつの日、俺のこと襲ってきたやつらと同じだ。

「なんで俺の前から消えたんだよ」

「……」

聞いてくる時点で、答えても無駄だ。怖いから、おまえから逃げたかったから、そう言ったって、どうせまた「なんで」って言うに決まってる。

俺は横を向いて目をあわせないようにした。だって視線あわせても相手を喜ばせるだけだ。俺のこと見たって、そう受け取るやつらが過去に何人もいたんだ。

膠着《こうちゃく》状態がしばらく続いた。俺は口を開かなかったし、目もあわせない。高校生はただじっと俺を見つめるだけだった。

いきなり高校生の手が俺の頬を撫でた。

びくっと震えちゃったのは仕方ない。ねとっとした触り方が気持ち悪くて、怖くて、心のなかで何度も誠志郎さんを呼んだ。

「イメージ通りだ……」

うっとりしたように高校生は呟いた。なにがだよ、まさか俺のこと？　ゲームのアバターとは似ても似つかないぞ。

「やっぱ、すげぇ可愛い。大学生だったんだな。ああ……あんときはまだ高校生だったのか。もっと上かと思ってた」

「お……男だぞ」

とうとう口開いちゃった。いやだって黙ってられなかったんだよ。年とか顔とかより、性別が重要なんじゃないの？　それともこいつ、ホモなの？

「声も、いいな。もっと聞かせろよ」

さらっと無視したってことは、どうでもいいことなのか。それとも聞いてないだけなのかな。

ちょっ……バカやめろっ！

キスしようとしてきたから、とっさに横向いて逃げたら、ムッとした気配がした。そうして強引に顎《あご》をつかまれて正面向かされて……。

「んんっ……！」

やだやだ、なんで誠志郎さん以外とキスしなきゃなんないの！　歯食いしばってきつく口を閉じて抵抗したのに、痛いくらいに顎に力を入れられて、無理矢理口を開かされた。

マジで痛い。涙出そうなくらい痛い。

「う、んっ」

ねじ込むみたいに舌が入ってきて、無遠慮に口のなかを動きまわった。気持ち悪くて、嫌で仕方なくて、とうとう涙がぽろっと出てきた。

違う、これは痛かったからだ。痛みのせい。そうに決まってる。

片手で押さえられているだけなのに、俺の両腕は自由にならなかった。さっきからもがいてるのに、マジでどうにもならない。

シャツとパーカーを捲《まく》り上げられて、胸のあたりまであらわにされた。

ごくっと喉が鳴る音がして、高校生に変なスイッチが入ったのがわかる。ああ本格的にヤバい。やりたい盛《さか》りだよ。たぶんいま理性飛んだっぽい。俺なんかの裸見てどうしてケダモノ化するのかわからないけど、実際してるんだから仕方ない。マジで泣きたい。

むしゃぶりつかれても、感じたりしなかった。噛まれて痛いだけだった。

誠志郎さんにされるとあんなに気持ちいいのに。

「あいつと寝てんだろ」

「……え？」

「あのメガネ……あいつ、恋人なのか？」

誠志郎さんのことに決まってるけど、もちろん返事はしない。どう答えたって事態は変わらない。むしろ悪化するだけだから。

俺が黙ってると、チッと舌打ちが聞こえた。

「あんなやつには渡さねぇ。アオイは俺のなんだ」

「やっ、離せ……！」

ベルトに手をかけられて、必死に暴れて抵抗した。けど、あっさり外されて、下着ごとジーンズを膝まで下ろされた。

最後の望みは、下半身見て我に返ってくれることだった。

自慢じゃないけど顔はね、男が嫌悪感抱かないタイプだと思う。けどさ、身体は別じゃん。上半身はまだしも、下半身は。

高校生はじっと俺のアレを見てる。たじろいでんのかな……？　だったらいいな。

「だ……だから、言ったろ。男だって……」

「きれいだ……」

なに言っちゃってんの、この子――っ！　終わった、これ完全に終わった。うっとりって感じでこいつが呟いた時点で、俺の望みは打ち砕《くだ》かれた。

高校生はなんの躊躇《ちゅうちょ》もなく、俺の下腹部に顔を埋めてこようとする。

「やっ、やだ、やめっ……」

ソコまで数センチってところで、俺のスマホが鳴り響いた。

はっとしたのは二人ともで、高校生も動きを止めた。スマホはコートのポケットのなかで、俺はまだコートを着たまま。でも両手が塞がってて出られなかった。

「あいつ？」

「は、話しに来たんだろ？　だったら、話しよう？」

いまなら俺の言葉も聞いてくれるかもしれない。そっと話しかけると、高校生は「そう言えば」とでも言い出しそうな顔になった。

よし、スイッチ切れたかも。

「……会って、理由を聞こうと思ってたんだ。もっと近くで顔見たかったし、声聞きたかったし……」

「え、もっと……って……」

もしかして、あのときの？

「初詣のとき、遠くから見てたんだよ」

やっぱあのときか。っていうか、あのときからずっと俺のこと見張ってたのか？　あ、正月のあいだずっと家に籠《こ》もってたから、あれ以来だったのか。

「遠くからアオイを見て、想像してた以上で嬉しくなって……でも一緒にいた男が恋人だって聞いて、苦しくて……」

「……聞いた、って、誰に……？」

「大学じゃ有名なんだろ」

「行ったの？」

尋ねても返事はなくて、代わりにじっと見つめられた。さっきみたいなケダモノ感はなくなったから、少しは俺も冷静になれた。いまなら話も通じるし。

でも俺を見る目が熱っぽいのは変わらない。欲情スイッチ切れても、俺への執着は相変わらずなんだ……。

「実物のほうがずっといいな。そうだよ、触れるし声も聞けるし……セックスも出来る」

「あっ、ちょ……待っ……」

思い出したみたいに触ってこようとするのを、もがくことでなんとか防ごうとした。ほんと情けない。年下にいいようにされちゃって……。

誠志郎さんがいなかったら、俺なんて本当にすぐどっかの誰かにやられちゃうのかもしれない。ずっと昔から、俺は父さんに守られてきたわけだし。

絶望感に泣きそうになってたら、玄関のほうでばーん、って音がした。ドア？　大丈夫か、あれ。壊れてない？

なんでかわかんないけど、助かったって思った。だってここの鍵持ってるのは父さんと誠志郎さんだけだから。

「蒼葉から離れろ」

ドスの聞いた声は間違いなく誠志郎さんだ。高校生の身体がでかくて、俺からは見えないのがすごく残念だった。

「てめぇ……」

「警察を呼ばれたいか？」

誠志郎さんが冷たい口調で言うと、高校生はぐっと言葉に詰まった。もともと頭はいいんだから、冷静になれば自分のしたことが犯罪だってことは理解出来るはず。

親にとったら自慢の息子だよ、きっと。開瑛通ってて、見た目もよくてさ。女の子にだってモテるはず。

そうだよ、将来有望じゃん。なんで男の俺にストーカー行為なんてするんだろう。こいつだけじゃなくて、北里にしろ戸部にしろ、世間的に見たらかなり優良物件のはずなのにさ。

「もう一度だけ言うぞ。離れろ」

低いだけじゃなくて冷たい誠志郎さんの声に、高校生は仕方なさそうに俺の上から退いた。それからすっと立ち上がって誠志郎さんに向き直る。やっぱデカいよ。縦は誠志郎さんに及ばないけど、がっしりさは上だ。

「……あんたがアオイの恋人なのか」

「そうだ」

誠志郎さんはきっぱり答えた。え、認めちゃっていいの？　嬉しいような不安なような、すごく複雑な気持ちなんだけど。

「いいのかよ。そんな堂々として」

「恥じることじゃないからな」

あ、ちょっと嬉しい。俺ってほんと単純だ。

高校生はきゅっと唇を噛んで、それから誠志郎さんを見据《みす》えた。睨《にら》むっていうよりも、挑むって感じに思えた。

「少しは冷静になったらしいな」

「俺は諦めない」

「そうか」

「アオイは俺のだ。絶対、あんたから奪い返す」

あのさ、一度もおまえのものになった覚えはないから、奪うならまだわかるけど、奪い返すはおかしいから！

誠志郎さんも鼻で笑ってる。

「無駄だ、とだけ忠告しておいてやる」

「わかんねぇだろ。あんたより、アオイに相応《ふさわ》しくなってやる」

いやいや、俺が誠志郎さんに相応しくないんですって。ちゃんと俺、自覚してるから。待って、変な方向で自己完結しないで！

誠志郎さんは余裕の顔付きで、根本的なところに訂正を入れる気配はなかった。

俺はこそこそと身支度《みじたく》を整える。ズボンは届かないとこまで放られちゃったから、パーカーの裾をめいっぱい伸ばして、コートの前をあわせて、と。

ふと視線を感じて顔を上げたら、二人が俺のことを見てた。

「アオイ」

高校生が話すのを誠志郎さんは黙認してる。ってことは、必要があるってことだから、俺は高校生を見つめ返した。

「アオイ、俺は」

「違うよ」

「え？」

「知ってるんだろ？　檜川蒼葉」

誠志郎さんがいてくれるから、さっきよりもずっと強気だ。我ながら情けないと思うけど、あえて目をつぶって年上らしいとこを見せてやる。

あれ、何歳違うんだろ。こいつ、いくつ？　名前も知らないや。

たぶん、一年か二年だよね。受験生がいまこんなことしてたら、別の意味で説教だ。開瑛なんだから、相当いいとこが第一志望のはずだし。これで一年とか言われたら、どんだけ発育いいんだって俺がへこみそうだけど。俺だって高三の夏くらいまでは身長伸びてたんだよ。でも結局、それでも平均にちょい届かなかったけど。さば読んで一七〇センチって言い張ってるけど！

「アオイはもう消したから」

やたらとデカい高校生は、いまかなり緊張した様子になってる。なんだよ、ちょっと可愛いじゃん。図体《ずうたい》はデカいけど。あ、あれだ、大型のワンコ。

「……蒼葉」

ぽつり、って感じで呟いたやつは、なんだかちょっと嬉しそうだ。なんで？　嬉しそうになるような場面だっけ？

「さんを付けろって。俺のほうが年上なんだからな」

「一つだけだろ」

「は？　え、三年？　受験生っ？」

頷くもんだから、俺は目を剝《む》いた。

「バカ！　なにやってんだよ、東大とか行くんじゃないのっ？　さっさと家帰って勉強しろよ！」

「蒼葉のとこに行くことにしたから問題ない。余裕だし」

「ムカック」

前言撤回《ぜんげんてっかい》、可愛くない。うちの学校だって偏差値高いんだぞ。そりゃ私立だし、東大に比べたら簡単でしょうけども！　滑り止め扱いでしょうけども！　っていうか、いいのかそれで、親が泣くぞ。っていうか担任とかが、反対するんじゃないの。予備校とかも。

「いいのか？　将来に関わるぞ」

冷静な誠志郎さんの声が飛んだから、俺は大きく頷いた。

「そうだよ、一時の感情で決めちゃダメだって」

「俺の進路だ。俺が決める」

ああ、ダメだこれ。なに言っても聞かないよ。もともと人の話とか聞かないタイプだもんな。でもこいつは更正の余地があると信じたい。いや、いける。誠志郎さんが強硬手段に出ないで話をしてる時点で、たぶん確実。

それから誠志郎さんに促《うなが》されて高校生は帰っていくことになった。もちろん見送ったりしないよ。俺はソファから動きません。

リビングから出て行くとき、高校生はふと立ち止まって、俺を振り返った。

なやつだった！　そうだよ、自分で「神《デウス》」とか付けちゃうような

超偉そうだよ、こいつ。やっぱ全然可愛くなかった。

「名前。忘れんなよ」

「え？」

「伊崎和哉《いさきかずや》」

誠志郎さんはしぐさで「風呂に入れ」って言って伊崎と出て行った。

そうだね、身体洗おう。舐められちゃったし。

よろよろ立ち上がって風呂場に行って、沸かすのは面倒だったからシャワーですませた。全身きっちり洗って、ふっと息をついてたら、扉越しに誠志郎さんの影が見えた。

結構時間かかったのは、きっとなにか話してたからだ。今後のことを考えて釘さすとか、今回のことを詳しく聞き出したりとか。

「え、入るの？」

「洗ってやる」

「いやもう終わったってばっ」

正気のときに洗われたりするのって超恥ずかしいんだよ。大抵は何度かイッちゃった後だから、恥ずかしいより気持ちよさが勝ってたり、そもそも意識が半分とか全部飛んでたりするから、平気なんだけどさ。

でも誠志郎さんの強引さに逆らえるわけなかった。

「風呂の縁《ふち》につかまってろ」

「恥ずかしいって！」

「いまさらだろ」

くるっと後ろ向かされて、とっさに縁につかまったまま尻突き出す格好にさせられた。ちょっと待って、洗うとか言っといてそれっ？

「やっ……それ、違……っ」

そんなとこ触られてもいないし！　っていう俺の主張は完全に無視された。ようするに誠志郎さんがしたいだけじゃん！

後ろの孔に舌先を寄せられて、れろれろろって舐められた。

「ん、んぁ……やん……っ」

なんだよ、やんって！　とか思うけど、出ちゃうんだからどうしようもない。

舐められるのは恥ずかしい。けど好き。じわじわっと気持ちよくなれて、頭のなかまでトロトロになれるから。

でもやられすぎると、疼いて苦しくなってくるんだ。

舌と指でさんざん弄られて、俺はもうイク寸前。

「そこっ、そこダメっ……」

「イキたいか？」

うんうん、って何度も頷いたら、やっとなかをグリッと突いてくれて、瞬間俺は風呂場に嬌声《きょうせい》を響かせてた。

自分でも思うよ。気持ちよさそうな声だなって。

はぁはぁ言いながら風呂の縁につかまってたら、腕引かれて誠志郎さんの腰あたりを跨《また》ぐような格好にさせられた。

誠志郎さんは床に軽く寝そべってる。

あ、騎乗位か。が……頑張る。

ちょうどいいところに硬くなったものを持ってきてくれるから、たっぷり濡らされて解されたそこは簡単に先っぽを呑み込んでく。

「あっ、ぁ……ん……」

ゆっくりと腰を落として、ぐぐっと奥まで。

串刺しになる感じがたまんなくいい。頭のてっぺんまでぴーんて快感が抜けてく感じがして、またイッちゃいそう。

俺が動くのにあわせて、下からも突き上げられる。

絶頂なんてすぐだよ。誠志郎さんに言わせるとイキやすい身体らしいから、俺。本当かどうかは確かめようがないけど、まぁ抱かれてるあいだに何度もイッちゃうのは事実。

「あ、も……イッ……ちゃ……あぁ！」

胸も同時にいじられて、俺はあっけなく二度目の絶頂を迎えた。

倒れ込むみたいにして誠志郎さんの胸にもたれたら、俺ごとぐって起き上がったよ、この人。腹筋すごい。

「んぁ……っ」

誠志郎さんのものを引き抜かれて、思わず声が出ちゃった。

抱き上げてくれたから風呂から出るのかなって思ってたら、いつの間にかバスタブにお湯が入ってて、二人で浸かることに。

気がつかなかった。気持ちよくてそれどころじゃなかったし。

はーって、つい溜め息みたいのが出た。ちょっと温《ぬる》めだけどそれが気持ちよくて、やっぱり風呂はいいなって思った。

よくする後ろから抱っこの体勢じゃなくて、向かいあわせ。対面座位みたいな……あれ、なんか嫌な予感がする。

「ちょっ……」

「あれで終わるわけねぇだろ？」

って、もう入って来てる！

「やぁっ、あ……んんっ」

腰をがっしりつかまれて、上下に揺すられながら突き上げられる。浮き上がるような感じがなんていうか不安なんだよ、これ。たまにされちゃうんだけど、いつも必死にしがみつくしかなくて。

それでも気持ちいいから俺は喘ぎまくって、風呂場に声響かせてる。

「あう、っ……やっ、そこ……いやぁ……っ！」

一番弱いとこを誠志郎さんのものでガンガン突かれて、拷問《ごうもん》かってくらいの快感に、ひいひい言いながら必死に腰を捩《よじ》ろうとした。嫌じゃないけど嫌って言っちゃうのは、それだけ感覚がすさまじいからだ。

無意識だよ。逃げたくなるくらいすごい感覚なんだもん。

ヤバい、もうダメ。

「ああぁっ……！」

頭てっぺんから爪先までが痺れるみたいな、電流を流されたみたいな快感のせいで、悲鳴じみた声になってしまった。

なにかが弾けた感じがして、全身が痙攣する。

俺の身体が空《から》イキってての覚えちゃってから、結構たった。精液出ないのに感覚ではイッてる、いまのがそう。もうね、快感の種類が全然違う。

気持ちよさが強すぎるってのもあるけど、なにがすごいって長いことなんだよ。いつまでも快感が

続いて、だいたい最後は泣いてるもん。

始まると止まんなくて、イキ続けるっていうか、何度も何度も絶頂感が押し寄せてくるんだよ。頭おかしくなりそう。ビクビクッて内腿とか腰あたりを中心に痙攣が続いてるし、声も勝手に出ちゃってるし。

「やぁ……っ、ダメ動かな……でっ……」

どこもかしこも敏感、っていうか過敏になってるから、腿とか腹とか撫でられただけでもイキそうになってる。

そんな状態なのに誠志郎さんは容赦がない。わかっててあちこち撫でたりキスしたりする。挙げ句、俺の腰をつかんだまま、深く突っ込んで俺んなかをぐちゃぐちゃに掻きまわして……。

「ひっ、ぁあ……っ、あぁぁ……！」

ヤバい、これ明日学校行けないやつだ。

そう思っても俺は半分ぶっ飛んじゃってるし、誠志郎さんだってやめてくれない。なんかいつもよりSっ気が……。

ぐいぐい突き上げながら乳首弄って耳のなかまで舌入れてくるとか、もう無理ぃ……っ。

あれか、伊崎に甘い対応したから？　なんかそんな気がする。こう見えても誠志郎さんって嫉妬深いもん。

結局、風呂から上がっても許してもらえなくて、気絶するまで俺はよがりまくって、懸念通り翌日大学を休むことになった。

いつも通りに大学に行った誠志郎さんが帰ってきたのは、予定通り夕方頃だった。ただし一人じゃなかった。俺に朝から溜め息をつかせてる相手が、おずおずと誠志郎さんの後ろから入って来たんだ。

今朝、俺たちはこんな会話をしてた。

「冷静に考えるとさ、なんで誠志郎さんはあの時間に帰ってきたのかなって」

一晩たって、というよりも、ようやく考える時間と余裕が出来たから浮かんだ疑問だった。

「密告だ」

「は？」

耳を疑った。密告って一体……。しかもそれを、さらっと言ったよ。

「公衆電話から、ボイスチェンジャーで変えた声でな」

意外すぎる話にぽかんとしちゃったのは当然だと思う。いやマジで仕方ないよね。だってもう全然わけがわからないもん。

「あの……誰？　なんて？」

「デウスと名乗ってた男が、おまえのところへ行った……ってな。ま、結果としては助かった。電話して出なかった時点で、ヤバいと思ったしな」

あれはやっぱり誠志郎さんだったんだ。スマホで確認したら、不在着信になってた。

それにしても誰なんだろう、っていう疑問に行き着くのは当然のことで、そしたら別の疑問も浮かんできたんだ。どうして伊崎は俺の正体に辿り着いたんだろう。アオイなんていうユーザーネームから辿り着くはずもないし、メールアドレスなんかは運営しか知らないはずだし……もしかしてハッキングとか？　それとも……。

なんかが引っかかってた。けど、深く考えたくなかった。だって、俺の頭には友達の顔が浮かんできちゃってたから。

「溝口……」

それでいま、問題の溝口が目の前にいる。こっちの顔色を窺うみたいにして、ちょっと俯き加減でときどき目だけ向けてくる。これから叱られるのがわかってる子供みたいだった。

「座れ」

「は、はい」

溝口は畏《かしこ》まって床に座った。いや別にそんな場所指定してなかったと思うんだけど、謝罪の気持ちの表れなのかな。

もう確定なんだろうしね。誠志郎さんが連れて来た時点でもう。

「……それで？」

「ごめんなさいっ……！」

いきなり土下座されて面食らった。生まれて初めてされたよ……。頭を床にこすりつけて、両手は前に突きだして、なんかもうコントかなにかとしか思えなかった。

「あの、溝口？　謝罪も確かに欲しいけど、俺としては説明して欲しいなーって」

「説明！　了解です！　えっと、僕がグラシエで元デウスを探して、お探しのアオイはこの子ですって教えました！」

がばっと顔を上げて、びしっと敬礼をして、ものすごく元気よく言った。まるで上官に報告をする兵士みたいな印象。

「……うん」

まぁこれは予想してた通りだった。コンタクトを取るのはそれほど難しくないと思ったし。伊崎は別のアカウントであのゲーム続けてたんだろうから、ちょっとそれっぽいキーワードをちらつかせれば、すぐ食いついただろう。

溝口によれば、以前溝口に接触してきたのが伊崎だったらしい。あのときは詳しく言ってなかったけど、溝口のユーザーネームはシアンといって、それは青っていう意味があるから、伊崎が接触してきたみたい。ようするに伊崎はあれからずっと、ゲーム内でアオイを連想させる名前を見つけては接触して、しばらく観察して、違うと思ったら離れていくってことを繰り返してた模様。うわ、思ってた以上の執着っぷり。

でも一応心配だったから、匿名で誠志郎さんに知らせたらしい。合宿のときに念のためってことで連絡先を交換しあってたんだよね。

「そもそも、なんでそんなことを？」

「檜川くんの逆ハーレムが見たかったんだ」

「……はい？」

「神田さんはもちろん最高だよ。顔も身体も、関係性もすごくいい！　絡んでるとこなんて、ほんともう鼻血出るかと思ったよ！　けどほかのパターンもどうしても見たいんだ。前によく会ってた理工のイケメンも推《お》してたのに、いつの間にかいなくなっちゃうし。あ、戸部って人はないなって思ってたよ」

マシンガントークについて行けない。内容的に無理。なに、どういうこと？　溝口は一体なにを言ってるわけ？

救いを求めるように誠志郎さんを見たら、なんとも言えない顔をしてた。得体の知れないものを見るような、戸惑ってるような……。

うん、俺と同じだ。理解出来てない。

とりあえずもっと詳しく聞こう。

「逆ハーレムって？」

「ハーレムって男の人が大勢の女の人をはべらす感じでしょ。その逆」

「俺、男なんだけど」

「でも襲われたりされたりする側でしょ？」

確かに女のポジションって言われたら否定出来ないけどさ……なんか突っ込みどころしかない。俺が何人も男をはべらす？　いやいや、ないない。ないから。

「いろんなタイプのイケメンが檜川くんを取りあって、場合によっては何人も一緒に……！　あーもう最高……！」

「待って。えーと、溝口はなんのために？」

「なんのため？」

きょとんとされても、こっちが困るよ。溝口にわからないものが、俺にわかるわけないんだから。ほんと、どうしようこいつ。

そしたら溜め息をつきながら誠志郎さんが俺の隣に座った。当たり前のように俺の腰に手をまわしたら、溝口が目を輝かせるのがわかった。

あれ、喜んでる？

「なるほど」

「え？」

「つまり、見たいだけなんだな？」

「はい！」

「性的な嗜好《しこう》は男なのか？」

「いいえっ、僕は女の子が好きです！」

両方に握り拳を作って力説された。そうなんだ、男は恋愛対象じゃないのに、男の俺が男にあれこれされるのは見たい、って？　意味わかんないって。

相変わらず溝口はわくわくしたような顔で俺と誠志郎さんを見てる。ときどき俺の腰……つまり誠志郎さんの手を見てへらって笑ったりして、もうほんとになんなのこいつ。

「で、さっき言ってた、俺と蒼葉の絡みってのは？」

「あっ……」

「人前で他人があやしむような真似をしたことはないんだが？」

もちろん隠れてもやってないよ。大学ではほんとに、普通に過ごしてるからね。となると、なにをどこで見たんだろ……あっ、もしかして……！

「えっと……実はその、合宿のとき、暗視スコープ……えーと、赤外線望遠鏡ってやつで見てました！」

「っ……！」

声にならない悲鳴ってきっとこうだよ。いやいやいや、待って待って。あれを見てたっ？　サンルームのあれを！

顔面蒼白だよ……赤くなるどころの話じゃない。恥ずかしいとかいう問題じゃなくて消えたい……。友達にセックスしてるとこ見られるなんて最悪。

「すごく官能的でよかったなぁ……檜川くん気持ちよさそうで、神田さんも色気たっぷりで……きれいだった。声まで聞こえてきそうだったよ！」

聞こえてたまるか。きれいとか、そんなの肝心なとこが見えてなかったからだろ。気持ちよさそうってなんだよ、実際気持ちよかったけど！

誠志郎さんは溜め息をついた。

「録画はしてないだろうな」

「それが出来なかったんですーっ！　神田さんが檜川くんをお姫様抱っこして戻ってくときに、ようやく録画しなきゃって我に返って……悔しい……」

本当に悔しそうだから腹が立つ。ボタン押し忘れてくれてよかったよ。ついでに記憶からも消してくれないかな。ああ、もう恥ずかしい。

あの毛布、いい仕事したよ。おかげでなにしてるかはわかっても、具体的な動きとか身体は見えなかっただろう。俺はだいたい背中向けてたはずだしね。

それにしても、溝口はどうしたらいいんだろう。だってどう見ても悪気はないし、むしろ俺にも誠志郎さんにも好意的だよね？

自然と溜め息が出て、でもすぐに気を引き締める。ここはちゃんと、俺と誠志郎さんの気持ちとか考えとか、あと価値観とか、伝えておかなきゃいけない。

「うーん……あのさ、俺は誠志郎さんのことが好きで、ほかの人は恋愛対象とかに考えたこともないし、触られるのも嫌なんだよ」

「そうなの？　だって、いろんな人に愛されるのってよくない？　みんなが檜川のこと好きって、嬉しくない？」

「俺も好きじゃなかったら意味ないじゃん」

「好きになればいいんだよ」

あれ、なんか話が通じない。っていうか、思った通り価値観が違うっぽい。きっと溝口の理想がハーレムなんだろうな、だったら誠志郎さんを軸に……って、ダメダメ。ほかの人と誠志郎さんを共有するなんて無理、やだ、あり得ない。きっと俺を好きだって言ってる伊崎だって、俺を共有したくなんかないはず。独り占めしたいんだよ。誠志郎さんは言うまでもないし。

「一人しか欲しくないやつだっているんだよ。俺も誠志郎さんもそうだし、きっと伊崎……デウスだってそうだと思う」

「そうなの……？　ロマンなのに」

「お互いにただ一人ってのもロマンじゃん」

「あ、そうかも」

なるほど、って頷いてる溝口は基本的に素直なんだろうな。別の言い方すると単純。まぁもともと悪いやつじゃないしね。ちょっと変わってるだけで。

問題はあるけど、悪気はないことだし、言えばわかってもらえる可能性も高いから、まぁこれからも付きあえる……かな？　誠志郎さんもたぶんダメとは言わないはず。かなり呆れてるけど、排除の気配は感じないし。

「そうか……！」

溝口がはっとして顔を上げた。また目がキラキラしてるよ……嫌な予感しかしない。聞きたくないけど、聞くぞ。よし。

「なにが、そうか……なのかな？」

「略奪愛だね！　デウスが神田さんから奪うの！　あー、それもいい！」

やっぱダメだ。付ける薬はないかもしれない。けどまぁ、見張ってれば大丈夫だろ、たぶん。伊崎が今年うちに入って来るって知ったら、また大はしゃぎなんだろうな。いまから頭が痛いよ。いろんな意味で。

「渡すと思うか？」

「ああ、超格好いい！」

それは同意する。ほんと、素直なやつなんだよなぁ。別に俺と誠志郎さんの仲を引き裂きたいわけでもないみたいだし。なんで他人が奪い合いされたりするのを楽しめるのか、そればかりは疑問が残るけどね。

まぁ、おかげで誠志郎さんの格好いいとこ見られたから、いいか。

変な男につきまとわれたり、襲われたりするのは勘弁だけど、俺を助けに来てくれる誠志郎さんっていうシチュは悪くないかも……なんて思った。

「なに笑ってるんだ？」

「んー、俺の恋人は格好いいなぁと思って」

「惚れ直したか」

「うん」

自然に引き寄せられるみたいにしてキスをした。ギャラリーが変な声出して悶《もだ》えてるけど、完全無視。あれは置物。

我ながら図太くなったな、って思いながら、俺は誠志郎さんの首に両腕を絡めた。

あとがき

新年一冊目です。こんにちは。

最近はもう、以前ほどたくさん仕事が出来なくなって、寄る年波には勝てぬ……という感じでございますよ。ふう。

私だけじゃないですけどもね。私の周囲、何人も同じようなことを言ってます（笑）。まぁでも、細く長く、続けていきたいなーと思っております。

さてさて、いきなりですが猫の話を少し。

七歳になったうちの子（限りなくアメショっぽいなにか。模様は微妙、毛はもこもこ、脚も短め。友達に「レッサーパンダみたいなシルエットだよね」と言われた……）は、体重三キロほどの女子で、やや小振り。もらったときは成猫なのに二・六キロしかなくて、あまりの軽さにびっくりしたものです。や、以前の子はオスで五キロ近くあったものだから……。

体重は増えちゃいましたけど、獣医さんの話では太っていないので大丈夫です、とのこと。でも食欲大爆発し続けているので、年がら年中お腹が空いている模様。あげればあげるだけ食べてしまうんですよ。満腹中枢がおかしいのかしら。

で、もらってきた当初はフーシャー言いながら噛んできたわけですが、すっかり穏やかに。抱っこしても怒らなくなったよ！　脚に触っても、「いやん」みたいな反応するだけで、怒らない！　大変嬉しゅうございます。

相変わらず爪は切らせてくれないけど……。寝込みを襲って、一日一本切る……みたいな状態ですけども、わりと心を開いてくれるようになったのではないか、と思います。

そんなわけでここでようやく内容に触れていきます。ちょっとだけど。

変わった人たちに非常にモテる主人公の話でした。うん……だいたいあってる。蒼葉《あおば》は自分に好意を抱く男をストーカーに変化させる特殊能力を持っています。嘘です。まぁ作中で先輩が言っている「ウィルス」が近いのかもしれません(笑)。

本当はもっと父を出したかったんですが、ページの都合で出せませんでした。どうも昔から受けのパパ（ちょっと変な人限定）が好きだったりします。

誠志郎《せいしろう》は見た目優等生で脱いだらすごいんです、的な攻なわけですが、これを見事に表現してくださった千川夏味《せんかわなつみ》先生、ありがとうございました。腹筋、腹筋！　蒼葉は可愛いし、内心いろいろ考えたり突っ込んだりしてる感がとってもぴったりで幸せです。

最後になりますが、ここまで読んでくださってありがとうございました。またお手にとってくだされば幸いです。

きたざわ尋子《じんこ》

初出

理不尽にあまく	2015年 リンクス11月号掲載を加筆修正
理不尽に激しく	書き下ろし

この本を読んでの
ご意見・ご感想を
お寄せ下さい。

〒151-0051
東京都渋谷区千駄ヶ谷4-9-7
(株)幻冬舎コミックス　リンクス編集部
「きたざわ尋子《じんこ》先生」係／「千川夏味《せんかわなつみ》先生」係

リンクス ロマンス

理不尽にあまく

2016年1月31日　第1刷発行

著者……………きたざわ尋子《じんこ》
発行人…………石原正康
発行元…………株式会社　幻冬舎コミックス
〒151-0051　東京都渋谷区千駄ヶ谷4-9-7
TEL 03-5411-6431（編集）
発売元…………株式会社　幻冬舎
〒151-0051　東京都渋谷区千駄ヶ谷4-9-7
TEL 03-5411-6222（営業）
振替00120-8-767643
印刷・製本所…株式会社　光邦
検印廃止

ISBN978-4-344-83622-8 C0293
Printed in Japan

幻冬舎コミックスホームページ　http://www.gentosha-comics.net